# 谢谢你曾路过
# 我的青春

梦情 / 著

MENGQING
ZHU

当代世界出版社
THE CONTEMPORARY WORLD PRESS

图书在版编目（CIP）数据

谢谢你曾路过我的青春 / 梦情著. —北京：当代
世界出版社，2017.3

ISBN 978-7-5090-1190-4

Ⅰ.①谢… Ⅱ.①梦… Ⅲ.①长篇小说—中国—当代

Ⅳ.①I247.5

中国版本图书馆CIP数据核字（2017）第036361号

书　　名：谢谢你曾路过我的青春
出版发行：当代世界出版社
地　　址：北京市复兴路4号（100860）
网　　址：http://www.worldpress.org.cn
编务电话：（010）83908456
发行电话：（010）83908409
　　　　　（010）83908455
　　　　　（010）83908377
　　　　　（010）83908423（邮购）
　　　　　（010）83908410（传真）
经　　销：全国新华书店
印　　刷：北京天宇万达印刷有限公司
开　　本：710毫米×1000毫米　1/16
印　　张：14
字　　数：203千字
版　　次：2017年3月第1版
印　　次：2017年3月第1次
书　　号：ISBN 978-7-5090-1190-4
定　　价：38.00元

## 青春拒绝假象

关于青春文学，现在多得有点泛滥成灾，各大出版社与出版公司，纷纷把苗头瞄向了青春题材的小说与青少年作者这个群体。尤其是自上海《萌芽》杂志社举办新概念作文大赛捧红了韩寒、郭敬明、张悦然等"偶像作家"之后，这下可急坏了其他出版社及出版商，于是一场没有硝烟的争夺青春作家的战役就打响了。

十多年来，当红少年作家、明星作家辈出，从郭妮、明晓溪、蒋方舟、张一一、独木舟、刘同、张嘉佳等80后作家，到张牧笛、张佳羽、顾倾城、万亿、苑子文、张皓宸、张晓晗等90后作家，再到徐毅、宋和煦、马知行、何欣航、陈盈颖、尹晓龙、朱夏妮等00后作家，可谓是江山代有才人出，青春文学一直倍受读者青睐，图书市场也一直一路高歌。

应该说，青春文学、校园文学作为中国文学的组成部分，是不可忽视的一个特殊领域。而在这领域中，青春小说则是最为热闹、最为昌盛的领头羊。关于青春小说的兴起，大概要以20世纪90年代初郁秀的《花季雨季》问世为初起点吧！自此之后，《正时高三时》《新来的班主任》《十七岁不哭》等一批校园作品如雨后春笋一样破土而出。但是，这些后来者所写的青春小说，很难与郁秀的《花季雨季》媲美，这种缺失一直延续到21世纪初韩寒出道，其《三重门》堪与《花季雨季》比肩。不过，个人感觉韩寒的小说力作与郁秀的成名作还有一定的差距。

之后，郭敬明的《幻城》、张悦然的《樱桃之远》、贾飞的《中国式青春》、一草的《那时年少》、独木舟的《一粒红尘》等相继走红，成为不同时期青春文学的畅销作品之一。

近些年，经网络和影视的介入，青春小说改编成电影、电视剧后走红的更是多如牛毛，《致青春》《那些年我们一起追的女孩》更是成为其中的经典作品与佼佼者。有不少青少年作家的小说都在往影视圈里钻，不少都呈现出未播先火的趋势。

当然，青春文学表面的繁华与热闹，并不能掩盖其内在的荒芜与冷清，因为影视文化多为快餐文化，青春文学的过度介入，只能导致作品泛滥，成为快餐式的垃圾作品。

其实，当下的青春小说现状也是不容乐观的。记得我上学那会儿看校园方面的小说，很难在书中看到"做爱"这样的字眼。可以说，前期的少年作家在写青春文学或校园小说时，大都不自觉地美化或诗意化了青春，"自恋"倾向严重。可后期即当代的青春作家在写这类小说时，却大段地描绘性爱的场面，大段地讲述上床的过程与感受，尤其那些自称前卫或"下半身"写作的人，更是把男欢女爱的场景描绘得绘声绘色。什么垮掉、坠落、无厘头、残酷、漂一族等阴暗灰色的字眼纷纷安在年轻一代作家的身上，他们把青春越写越恐怖可憎，越写越不堪入目。

现在的丑化青春与曾经的美化青春，形成了强烈的对比。尤其网络文学的泛滥与推波助澜，青春文学作家层出不穷，势必会影响其作品的质量与深度。当然，也有为数不多的作者意识到了青春小说的不足与缺陷，于是有部分作者改变了写作风格，试图还给青春一张真实的脸。在这里，我想提到两部小说，一部是

《狂欢的森林》，另一部是《戴着面具跳舞的青春》。它们可以说是我迄今为止读到过的最好的两部青春小说。也是从那一刻开始，我觉得自己有必要也把自己曾经写好的关于青春的小说修改整理出版。

在这里，我还要提一下天才作家韩寒，就个人的爱憎好恶而言，本人对他的杂文欣赏程度明显高于小说。不过，韩寒在关于写青春小说时却说过一句让人十分认同与看好的话，他以玩世不恭的态度调侃道："文学来源于生活，干吗非要高于生活？"

是呀！多少年来，我们的文人在文学创作之中，一直误入或说陷入了一个怪圈里，即"文学来源于生活又高于生活"。于是，编起小说来不由自主地就朝两个方向发展：要么美化生活，要么丑化生活。因为只有这样，方能制造出人物的矛盾冲突，使故事达到高潮。而青春作家们也继承了这一"光荣传统"，在写青春类题材小说或校园小说时，不自觉地也"自恋"或"丑化"起来！所以，除了上学期间看看青春文学外，之后我很少再在这方面浪费时间。

青春究竟是什么面目？校园生活到底是苦还是乐？在写作的时候，我们该从哪方面入手？该展示给世人一个怎样的年轻人的生活？有许多作者在做这方面选题时，不由自主地就会夸大或诋毁起现实来。他们之所以这么做，只是想给读者呈现出一个不同的另类生活。因而，如果你想从当今的青春作家的小说里了解真实的校园生活或年轻人的状态，那几乎是不可能的，顶多只能了解皮毛，大多时候还是一种假象。

或许，我们的文人如今都丧失了辨别能力，他们根本不清楚大众究竟爱看什么样的书。其实，读者真正喜欢的作品是一种发自内心的真情实感，不需要去美化或者丑化的生活。人人都需要一种共鸣感，读者一般只想从小说里体味出"同是天涯沦落人"的惺惺相惜之感，而不是你的"自恋""高歌"或"淫乱""咒骂"。不信瞧瞧今天的青春类小说或校园小说，大多都是凭炒作卖出去的，很少有凭实力的。用新闻界的一句话来说就是：只要你打造出了知名度，写什么样的小说都能出版！这也难怪有人愤愤不平地在报纸上怒叱"垃圾畅销书"！不论是郭敬明的唯美文字，还是春树的残酷笔风，都会给人制造一种青春的假象，因为对比一下现实，读者就会发现自己所处的校园环境根本不是这么回事！

在此，让我又想到了历史学界的一个定论，"真实比美更重要！"用在此处也十分合适，不论是校园小说还是青春类小说，我觉得首先得给人一种真实感，如果读者一看就能看出是胡编乱造的，那情况就不妙了！想吸引更多的读者就是不可能的了。

当然，我们写作时不可能原原本本照抄生活，把故事的细节一一记录，毕竟我们不是在写纪实文学或传记，即使纪实性的东西，也不可能把原本的事情一点不漏地记述出来！我所说的真实性，是指所编故事的可信度，夸张是有必要的，却要讲究分寸，一旦吹破牛皮那就要闹笑话了！

《谢谢你曾路过我的青春》是我"青春三部曲"的一部，其中一部《我的青春与你擦肩而过》已经出版，另一部正在创作中。这部最先动笔的长篇青春小说却未能最先完成，因为这里面充斥了太多自身的影子，我在极度的矛盾与困惑当中一步步去修改与完善。"文由情生，情由心生"，抱着这样的创作态度，我写任何作品的时候都十分地认真与仔细。或许正因如此，书稿完成以后朋友们看罢都觉得不太像小说。

是的，我写的小说有点零乱，故事性不是太强，也没多少悬念，耐性不好的人是很难用心把它看完的！不过，我想要说的是，我的小说绝对是一部可读性很强的好小说！至少我没有美化或者丑化现实，而是展示鲜活真实的生活场景。在叙述故事情节中，我没有像前期校园小说一样对"性"或"男女关系"避而不谈或一笔带过，也没有像当代的校园小说一样大肆渲染、过度描绘，而是力求真实地展现世纪之交的少男少女们的生活与青春面貌！

自然，因为本人的写作水平与塑造能力有限，不可能写得尽如人意、引人共鸣！我只是试图给读者呈现出20世纪末中国中学校园生活的真实场景，或许由于区域、民族、地理、方位等的不同，我所写的故事不可能深得其他地方读者的同鸣，这是在所难免的。同样，由于世界之大社会复杂众相丛生，我不可能把当时的校园人物都写进来，更不可能都把他们具体化。这正像道德作家拉罗什福科所说的那样："为了正确地了解事物，应当知道其中的细节，而由于细节几乎是无限的，我们的知识就始终是肤浅和不全面的。"

正因为这样，文章就成了一个不完整的容器，包括我所写的青春小说也都逃脱不了这个宿命。所以看来看去容易让人产生一种迷惑或误解，怎么弄来弄去就这么点事？怎么就这么几个人物？

确实如此，小说容易成为少数人表演的舞台。它不可能等同于生活，更不可能把形形色色的人都搬上镜头。但是即使这样，小说也应该拒绝虚假与做作。我是个诚实的人，因而我只写真实的作品。我的青春拒绝戴面具，同样我的青春小说也拒绝给人假象！

2016年11月15日于郑州

## 与青春爱情有关的日子

如果不是重返校园，我就不可能认识丹妮；如果不是认识丹妮，我就不可能感受到相爱的甜蜜；如果不是感受到相爱的甜蜜，我也就不可能在日后一直陷入寻求真爱的幻影里。

一切仿佛都是命中注定，一切仿佛都是天意，我在经历三年多的感情波折后，终于找到了情感的归宿、尝到了爱情的甜蜜。尽管这份甜蜜是那么短暂，尽管它为我以后的人生埋下了痛苦的种子，但我觉得值得，只是有点遗憾与不甘……

我觉得我的这一生好像是一出戏，一出没有剧本没有导演没有观众没有主角的戏。所有的人都是配角，所有的故事都没有结束，所有的剧情都缺少高潮。而唯一的一次接近高潮的场面或许就是与丹妮的恋爱吧！那是我至今为止唯一的一次真正的恋爱，也是我唯一的一次充当戏剧中的"主角"的机会。

有人说：人生中最难忘的一章终归是初恋。这话直到多年后我才相信，可到相信时却已没有回头路可走。正如女作家素素所言：

"初恋让人难忘的不是真，不是悔，不是恨，而是深深的遗憾。"如果是在大学之前，我肯定不会觉得遗憾，可是今天，我真的有了这种遗憾的感觉。

大学之前，我以为遇到了生命中的唯一伴侣——晶儿，以为终于找到了自己人生中的至爱！对于失去丹妮的那份爱，我感到庆幸还来不及呢，又怎会觉得有遗憾？而今天，历经众多波折与风浪、遭受无数挫折与失败后我才发现，这世上唯一真正爱过我的女孩就只有丹妮一人而已。

或许此时此刻，我才理解《大话西游》中周星驰那段深情的告白是何等的心酸与凄凉：

曾经有一份真实的爱情摆在我的面前，我没有珍惜，直到失去的时候才后悔莫及。人世间最痛苦的事莫过于此。如果上天能再给我一次机会，我一定会对那个女孩说——我爱你；如果非要给这份爱加上一个期限，我希望是——一万年！

在漫长青春的寻爱之路上，我一直以"从不后悔"面对世人的非议与指责。

为什么我会有这样的想法呢？原因很简单：因为我一直觉得，我所追求的晶儿也是喜欢我的。在爱情幻影没有破灭之前，痴情人所做的一切在自己看来都是值得的，所以其字典里当然也不会有后悔一词！

可如今，我真的开始重新审视自己、审视爱情、审视曾经走过的路了。抛开面子、尊严，抛开虚伪、狡诈，说句真心或坦诚的话：我心里已经开始后悔，至少在昔日的爱情抉择上已开始慢慢懊悔了！

在自己曾经走过的这条爱情之路上，让我最引以为憾、引以为恨、引以为恼、引以为痛的事，便是——在最不该放弃的时候，我放弃了对丹妮的爱；在最不该坚持的时候，我坚持了对晶儿的追求。

同所有的青年作家或青春作家一样，我也希望自己的小说能够风靡校园，乃至全中国。也同所有的作家一样，我的小说也是以自我——即男主人公的情感经历为线索的。只是，我与他们不同的地方是，打破了以往所谓有情人终成眷属的欢乐大结局模式。

在当今的诸多校园爱情故事里，许多作家把主人公描写得如童话诗人一样浪漫、天真、纯朴、善良，把爱情故事讲述得也是美轮美奂、五彩斑斓。这是不真实的，是有毒害青少年思想之嫌的。爱情在现实中根本没有书中所描写得那么完美与神圣，尽管文学来源于生活高于生活，可也不能太过夸张与美化了。

在我看来，真实比美更重要，不论是历史、生活，还是爱情。

有时我总在想：既然文学来源于生活，干吗非要高于生活呢？现在我终于明白了，因为生活就是现实，而现实的东西往往是丑陋或者是不美好的。作家们便通过文学来掩饰这种缺陷。我不赞赏这样的行文，在我看来，文学即使不能像一束光一样照亮前途，也要如镜子一样呈现现实。


近些年来，在中国出了许多"走下神坛"的书，如《走下神坛的毛泽东》《走下神坛的周恩来》《走下神坛的林彪》……在我看来，他们漏掉了一样东西——那就是爱情！

是的，经典爱情、童话爱情，所有一切宣扬诗意浪漫色彩的唯美爱情，都应该走下神坛了！在童话故事里，骗人最深的一句话就是："从此，美丽善良的公主和她心爱的王子幸福地生活在一起了……"

真的如此吗？不，我绝对不相信。不仅读者对此会嗤之以鼻，恐怕连作者自己的内心都不会相信。

该是清醒的时候了，该是还现实爱情一个真面孔的时候了。我不再掩饰自己的怯懦与虚伪，不再包装自己的外表与尊严。我要把自己内心的痛苦、迷茫、困惑、偏激、固执，甚至胆小、卑鄙、肮脏、丑陋等统统全都"挤"出来。

有首流行歌曲很让我感动，叫《爱情没有那么美》！

事实果然这样。

其实，我早就对理想主义的爱情深恶痛绝了！也早就感觉到"爱情没有想象中的那么美了"，可是，我又好不甘心放弃自己一心幻想、向往、追求的"天国花园"。

是顾城拯救了我，是有关他的那本传记《灵魂之路》，让我彻底走出了理想主义爱情的"误区"与"陷阱"。既然连顾城那么美好的爱情最终都走向了他不愿意看到的反面，更何况我们这些凡俗之人的普通爱情？

该是故事开始的时候了，我却感到阵阵的疼痛与酸楚。因为要写自己的情感经历，就免不了要写自己当时的真实感觉，就免不了要袒露自己的灵魂。

可是，这样一来，许多事有可能会影响到自身的高大、完美，会有损自己的"光辉形象"。对于我这样一个爱面子、重情义、守信用、要尊严、求功名的有志之士来说，回忆往事，尤其回忆感情方面的往事，对我既是一种折磨，又是一种考验。

这正如常人所言的"实话不好听，好听不实话"一样，我要想写真实的爱情故事，要想写真实的自我人生体验，就不得不面对许多平常人所要忌讳的内容，诸如阴暗、丑陋、自私、肮脏，甚至下流、卑鄙、无耻等有伤大雅的词汇。只是我已无路可退。在这人生短短几个秋的悲欢世界里，我已失去了太多，也错过了太多。如今，我不想再失去自己的真实！

曾自诩为"情诗王子"、自诩为"痴情种"的我，耗尽青春时光、历尽人世沧桑，方明白自己什么也不是，方明白我命由天不由我。面对残酷的社会压力，我清醒地知道：人世间有太多的事，不是以人的意志与努力便可以转移或改变得了的。

还是作家南妮说得好："生命是一种缘，你刻意追求的东西或许终生得不到，而你不曾期待的灿烂反而会在你的淡泊从容中不期而至。"

真的如此吗？

我不知道。反正不管是不是这样，我都要将目光投向青春年少那段新初三岁月……

为什么说要把目光投向新初三岁月呢？难道还有一段旧初三岁月不成？没错。相隔两年，还有一段初三生活在我的心底挥之不去，只不过那还是比较单纯、比较平稳、比较顺和、比较低调的美好岁月，与后来的初三生活是不可同日而语的。

　　话不多说，让我们坐上时光机，穿进回忆的时光隧道吧！让我感受曾经疯狂、曾经痴迷、曾经热恋、曾经醉生梦死的新初三岁月吧！

# 目录
### C O N T

E     N     T     S

目
录

## 01

# 重返初三

直至今日，我还清楚地记得当时踏进二中的校园是 8 月初的时候。

昔日的日记清楚地记着：

**××××年8月5日　　　星期二　　　晴转阴（风）**

为了事业、前程和未来的幸福，我又重新走上了求学的道路，继续试图在学海生涯中找到一条光明的出路……

站在人生之岔路口，我别无选择地追求光明的道路。人生如梦，可又有几人愿意永远在梦中痛苦地呻吟呢？不管人生怎样，我们都得生存，都得努力奋斗，去追求幸福生活。也许我们年龄还小，人生观、价值观还不够明确，但有一点是可以肯定的：那就是没有人不希望自己的人生一帆风顺、果实累累！没有人不希望自己功成名就、有所作为！

写这段文字的时候，我是满怀激情梦想以及雄心壮志的。和现今的诸多学子一样，我也是对未来充满了许多的遐想与幻想，构思了许多的方案。可是，生活改变一切，时间印证一切，历史也会告诉我们一切——人，一定要有自知之明，一定要量力而行。千万不要追求过高的目标，更不要追求过多的目标。

常言道："知人者智，自知者明。"

我知人还谈不上，但自知之明还是有的。

当然，以上是我青春年少时的看法。今天我才明白，其实自己连自知的境界都没达到过……要不然，也不会有后来的一败涂地与无言结局。

至于曾经一直深信不疑的"大志得中，中志得小，小志得无"的箴言，而今对它也是深恶痛绝。我不再相信什么"人有冲天志，无云也能行"的鬼话，亦不再相信什么"胸怀大志、志在四方方为好男儿本色"的话了。

经过现实的洗礼后我懂得了做人要脚踏实地，一步一个脚印。雄鹰飞得不论多高，起点终归是地面；人的志向不论多远大，基点也要符合实际。而目标过多，只会分散你的精力。

正如有位演讲师问观众的问题："你能左手画圆的同时右手画方吗？"

观众坦诚地说："不能。"

演讲师笑笑说："这就同人生一样，追求目标过多注定一事无成。"

如此简单的道理，当时我却一点都不懂，等到懂了的时候却悔之晚矣！


说实在的，当时假期之所以去二中复读，主要是因为班主任闫老师和我老爸是同学。若非这层关系，恐怕这所烂学校我说啥也不会去的。纵使这样，我也是抱着先去试试的态度，等9月份正式开始后再转去镇一中。若不是遇到她……

是的，若不是遇到她——章丽，我是不会待在二中复读的；可若不是遇到她，我后来也不会有与丹妮真心相爱的机会。

美丽的梦与美丽的诗一样，真的都是可遇而不可求的。一切仿佛似梦，又仿佛似戏，谁也不知道自己将上演什么角色。有时候，我们总以为自己是剧中所扮的主角，谁知到后来，连配角都算不上！太多时候，世间所谓的一见钟情，其实只是一厢情愿罢了。

说起章丽，这小妮子真是气死人！我好心为了她而留在了二中复读，谁知她最后竟跑去了一中！你说可恶不可恶？

当然，这是后话。现在，就让我回想一下我们是如何相识的吧。

那年8月5号，老爸领着我到了镇二中。在初三（四）班的教室门口，我第一次见到我以后的班主任，也就是我老爸的同学——闫兴运老师。

当时，闫老师戴着一副高度近视镜，穿着一身灰白色的西服。他说起话来笑呵呵的，和蔼又可亲，给人一种平易近人的感觉。凭第一印象，我觉得这位老师还算可以，或许会对我以后有帮助。

事实也正是这样，尽管他后来也曾严厉地管束与惩罚过我，但总的来说对我还算关照，没有太过苛刻。

向闫老师交代过后老爸便匆匆地离去了。闫老师让我先在他的办公室待一会儿，他去教室了。不一会儿，就领过来两个男孩——一个白光光的，一个黑黝黝的。

他指着白光光的男孩说："这是我儿子，叫耀明。"随后又指着黑黝黝的男孩说："闫武英，跟我同村的，和你一样都是从一中转来的。"我笑着点点头，也做了自我介绍。

进班后，他们两个回到了自己的座位，而我被闫老师安排到了第五排中间，与一位白白净净的女孩同桌。据说，她也是从外校转来的复读生，名字叫章丽。

通过几天的接触，我了解了一些关于章丽的情况：家是策南村的，曾在县上某中学读书，父母都在县城里做生意。得知她是策南村的，我十分惊讶，因为在一中上学那会儿，我的许多同学都是这个村的。当然，更重要的是当时的女班长汪莉也是这个村的。所以，有一天我忍不住问她："你说你是策南村的？"

章丽一脸微笑地说："怎么了？有什么不对的地方？"

我先是巧妙地试探："那你知不知道你们村有个叫章小雨的？"她摇了摇头。

接着，我问了章自伟、章知钢等人的名字，她对此都是摇头说不知。直到提到一中时女班长汪莉的名字。她才眉开眼笑地说："我知道，她和我小时候上过一个班，不过好多年没见过面了……"

我十分不解，问她怎么回事。

章丽告诉我，她从小学三年级便跟父母进县城了，之后就一直在那里上小学、中学，平常根本不常回老家，几年才回去探一次亲，所以对许多同村伙伴的名字都不记得了。至于这次来二中复读，全赖于同村有个在这教学的老师的推荐。

课余时间我抽空打听了一下，方知道推荐章丽来这上学的老师叫章君正，教隔壁三（三）班的英语。他有个儿子在我们班，名字叫国徽。

就这样，我和章丽慢慢熟悉了，一有空我就给她讲我的求学经历：有一中时的欢声笑语，还有去外地上中专时的悲惨遭遇。

## 02

# 想入非非

在学校住宿并不是头一次了，所以我对寝室的脏乱程度早已是心中有数。尽管如此，我对二中男生宿舍的房子还是一百二十个不满意，那里面太简陋、太寒碜、太不堪入目了。让人更不能忍受的是，我们三（四）班的宿舍挨着西边的学校院墙，许多懒同学夜间往往就在那里随地小便，搞得十分骚臭。

不过令我感到欣慰的是，让我找到了一个比较干净的床铺。当然，这还是沾了武英老弟的光。

说心里话，尽管我们二人都是来自一中，可我对他并没有什么印象。但是听武英说他是见过我的，因为那时我总是跟着哥们晓亭混，所以即便是与我们不同级的他也知道我的名字。

对此我只能哈哈一笑。在一中的那段岁月，我清楚自己的身份，尽管没有被贬低到跳梁小丑的地步，也差不多到了寄人篱下的境遇。如果不是小雨、晓亭以及涛哥等人关照的话，恐怕三年的一中生活我也不能风平浪静、安安稳稳地度过。

但现在，我绝对不会再依仗他人的势力而狐假虎威了。一年的警校苦练，使我有信心与能力在这小小的二中校园一展拳脚。我不再充当别人的跟班，早已厌倦了做小丑乃至做配角。在这里，我要过一把自己当"老大"的瘾，纵使没有随从与手下，我也要当一个"孤胆奇侠"抑或是"武林霸王"之类的传奇人物。

听说我练过武，不仅章丽感到吃惊，连武英也着实很是惊讶。从此，每天晚上放学以后这家伙非要拉着我去草坪上练个三招两式不可。而我，为了活跃一下气氛，也为了锻炼一下身体，同时也为了显露一下功夫，也就乐意随他去要上几下。没想到这小子亦是十分爱好武术，曾私下里自己钻研与摸索过，如今经我这一指点，他的身手也拔高了不少。

与章丽相处的几天里，我觉得这妮子为人处世还可以，如果允许的话，我内心深处是有意把她往恋爱的角色上考虑的。当然，开始我是不能莽撞的，只有一步步地从友谊方面入手。

在城镇长大的女孩的确与农村成长起来的女孩不一样，这点从章丽身上就能感觉出来。她那活泼、开朗、大方的性格以及待人接物的方式，比农村女生老练、高明、成熟多了。加上她那少女独特的气质与韵味，不让人想入非非才怪呢。

晚上没事时我曾私下问过武英，觉得章丽怎么样。这小子一听，笑眯眯地说："够白了！模样还说得过去，就是脸上有几个黑星。"

"只不过几个黑点罢了，这有什么大不了的。说实话，你觉得我追她合适不合适？"我心神不定地问。

"你是不是真的爱上她了？"

"不是，我只是喜欢她罢了。"

"那这么说，你只是抱着玩一玩的态度喽？"

"这也不一定，如果相处得比较好或以后有缘的话，我有可能与她结婚的。别忘了，她家开酒店，可是有钱人的女儿呀！我们农村人能娶这么个城里小姐，也算是祖上烧高香了。"

"这……这，你说的也是，可初恋多半是不成功的。你可要想清楚，你到底是爱她还是喜欢她？"思索片刻，武英才略显沉重地回答。

"为什么？为什么非要弄明白爱她还是喜欢她？难道谈一回恋爱还这么麻烦？"我悻悻地反问。

"当然要弄明白了，因为喜欢与爱是不同的概念。如果你爱一个人，说明你是真心想与她谈恋爱的；而如果你只是喜欢一个人，那则说明你仅是把恋爱当作游戏罢了……我之所以询问你这一点，就是想知道你到底是想真诚地与她恋爱，还是抱着游戏人生的态度？"武英滔滔不绝有理有据地讲道。

"这……这……"这还真让我难以从容爽快地回答了。

沉默，沉默，我只有用沉默来缓解自己徘徊不定的心。面对自己引出来的尴尬难题，我真的不知该如何作答才对。


其实，我很清楚自己的意图，从一开始就很清楚。正因为太清楚了，所以面对朋友的追问我才不知该如何对答。

尽管我嘴上说章丽许多方面都很优秀，可内心里我知道，我只不过是喜欢她罢了，我绝对不会爱上她的。因为在我心目中，理想的爱人应该是清纯、天真、温柔、善良的，美也应该是自然朴素、天然去雕饰、清水出芙蓉的美。这些在章丽身上是不可能看到的，或许城里的女孩大都缺少这些吧。

之所以有想追求她的念头，我是有目的与利欲之心的。一来她人长得确实也不算差，有她陪伴自己度过这段漫长的初三时光，也可以消除一下心灵的孤寂，打发一下无聊的日子；二来她家是城里的，而且开着酒店，其父肯定有钱，也认识不少有权人，这对自己有益呀！基于这两点考虑，我对她才有了非分之想。

为了给章丽留下好印象，我频频地对她献殷勤且买东西吃，并帮她交作业、抄习题等。只要一有空，我们就面对面谈古论今或东拉西扯，就是没话找话我也要保持与她之间有良好的气氛与关系。

在我看来，一个女孩只要对你不讨厌，通过长期的相处是可以产生爱情火花的，这就是所谓的日久生情。不过，我也相信一见钟情，我觉得自己同章丽的相遇相识或许就有可能演变成一见钟情的美好爱情故事。

只是，我低估了人家的品位，也高看了自己的身价，更重要的是小觑了变幻莫测的命运捉弄。我的"猎物"计划尚未开始，就遭到了突如其来的分离厄运……

据当年8月14日的日记准确记载：

时间过得好快，不知不觉已过去八九天了，在这匆匆的时光中，留下了多少真情、多少遗憾、多少无奈……再过几日便要告别这里了，便要远走了，我好烦忧和苦恼，心中有一种"其实不想走，其实我想留的感觉"；可是许多事都不由自己，如果我不走，不走又能怎样？为了升学，为了前程，我必须走；假若有你的真情相伴，我也许不会走；假若有你的友谊相随，我也许还会留。只可惜，你也要走；你若走，我还留下来干什么？我只有也走……

知道章丽要回县中学复读的消息时我大吃一惊，因为在此之前我已向老爸建议：不想再折腾着去一中复读了，理由是这里的环境已熟悉了，再说教学质量也还可以……当然，我隐瞒了最主要的原因：在这里我认识了一个姑娘，人长得好，家庭条件也好。

这种话打死我也是不会对老爸说的，一中时曾因替别人传一封情书而差点被老师赶回家，气得老爸狠狠地揍了我一顿，这教训我永远也不会忘。想起这件事我就觉得自己混账、窝囊，真想给自己两个耳光尝尝。

为什么呢？说出来也不怕大家笑话。在一中那段旧初三的岁月里，我替同桌传情书给自己心爱的女孩，你说可恶不可恶？更为可恶的是，其实连那封信也是出自我的手笔！没想到自己这么投入、卖命，最后事发时还是被同桌给出卖了。

这也难怪，看一看那封缠绵悱恻的情书，谁也不相信会是出自我同桌——

那个"恶棍""劣徒"之手。不论是被追的那个心爱女孩——我们的女班长沈莉，还是惩罚我们的老班大人，都清楚那封信肯定是出自我的手笔，因为只有我这种才华横溢、文高八斗、诗书破万卷的风流浪子，方能写出这么有水平、有深度、有感染力的求爱信来！

可惜……可惜，可惜我不该替别人暗送秋波！

曾经认真地反思与设想过，如果当时我不帮同桌，而是我为自己写那封信的话，相信事态绝对不会发展到那么恶劣的地步：一个被劝退，一个被记大过。

并非我如何特殊、出众，也并非女班长对我有意思，而是她欠我一个情。当时，我们近两年未说过一句话，全因为她心里有愧，欠过我一份情的缘故！

提起这事来，我又不得不进行更深的追忆……

说真的，我害怕回忆，尽管也曾热衷于写回忆录与自传。因为回忆对我来说是种残酷的折磨，即使再美好也是一种残酷的美。对于别人而言，或许回忆总是美好的，因为人回忆时记住的总是美、善、好的一面。可对于我来说，回忆是痛苦的甜蜜、酸楚的温柔、恼人的幽默、可笑的幼稚。都怪我这人记性太好，不论是好的丑的还是善的恶的，或是喜的忧的抑或乐的愁的，我统统全放在心中。

有时候我就想，自己应该当一名历史学家，或者是一名传记文学家，不然太亏材料了，对不起自己记忆力这么好的脑子。无奈现实残酷、社会无情，很多时候并不是你想干什么便能干什么的。对于伟人那句促人上进的"人定胜天"，我越来越持怀疑态度了！

人能战胜老天？也就是说人能战胜命运喽，这可能吗？

我不相信。我不相信所有一切貌似崇高、神圣、权威的论断与信条。在"人之初、性本善"与"人之初、性之恶"之间，我更相信后者；在"天下为公、世界大同"与"先公后私、公私分明"之间，我更相信后者；在"圣者之语、胜之千言"与"圣人不死、大盗不止"之间，我也更相信后者……在我看来，所有掩饰人性弱点、劣根性，掩盖人性丑恶、野蛮，掩蔽人性贪婪、自私一面的人，不论他是伟人还是圣贤，也不论他出发点、目的有多好，动机都是值得质疑和拷问的。

还是当代学者周平国说得好："命运是不可改变的，改变的只是我们对命运的态度。"

不错，尽管我不是个宿命论者，可我对那些自大、虚无、愚昧、蒙骗的话语亦是十分不信。有时候，我宁肯相信世上有上帝，也不愿相信有什么世外桃源、世界大同乃至人类理想社会的存在。我觉得，人的一切仿佛都在冥冥之中注定好了，不是你的注定与你无缘，即使你再努力，也只能获得你命中注定的最大程度的幸福。

问题的症结是，我们谁也不知道某种东西到底是不是属于我们自己。这时就需要人勇于尝试与摸索。我想，我之所以在感情上一直处于游离、迷失的状态，与我还不清楚谁是自己未来的人生伴侣有关吧！有时候细想一下也挺可怕的，如果我们每个人都能够预知未来，那么这世上还有没有人愿意去做平白无故的牺牲呢？

冷静地反省自身，我发现我最致命的弱点就是爱犯同样的错误！一中旧初三那会儿，替同桌传情书之风波说来并不是头一次，在此之前我就犯过类似的错误。

那是在一中上初一时，元旦晚会之际，我因为替同桌传情书而遭到老师处罚，巧的是情书还是写给女班长汪莉的。

当时，她与我也是同班，且是班长。不过幸好当时老师并没有让我叫家长，不然老爸非收拾我不可。纵使这样，我心里对她仍抱有怨气，想想在班里我捆自己的那十几个耳光，至今仍令人心有余悸。正因为这事，此后我再也没搭理过她。

一直到初三下学期，还是女班长主动找我谈话，我才慢慢与她合好的。我们俩的关系很是微妙，我对她的感情更是处于糊里糊涂、模棱两可的状态。有时候我总在反问自己：王名扬，你到底对汪莉是什么意思？你究竟是像朋友一样喜欢她，还是似情人一样爱她呢？

每每这时，我都会被自己问得哑口无言。

真的，我一直不敢面对这个问题，一直在逃避自己的真实想法，我也一直在支离破碎的梦幻里虚度着自己的青春岁月！坦白说，早在初一同班时，我就深深地喜欢上女班长了，只是我不愿表露自己的心迹。我觉得喜欢一个人，就应该为她的前途着想。再者说，能默默地注视着她本身就已是一种幸福了。

在爱情上，我相信一切随缘，相信水到渠成，相信是你的就是你的，不是你的求也求不来。可是，有时候人的想法与行动竟有天大的差别。

一中初三毕业时，面对即将各奔东西的伊人，我掩饰不住自己的伤感与眷恋之情，给女班长写了一封信，并送了她一本粉红色的日记本。

前往阳城上中专后，身在异乡孤单落寞的我压抑不住内心的激情与狂热，给远在汴京求学的女班长去了一封含蓄的表白信。无奈命运阴差阳错，由于学校放假我苦等十多天竟未盼到佳音，便以为她小瞧、藐视了自己，一怒之下又写了一封挖苦略带戏弄的讽刺信。哪知返校一看，人家的回信早就来了，据说正是放假那天到的。我立刻呆若木鸡。

打开女班长的信件。上面婉转地说："……你的日记本我收下了，但你的心我并没有收下，相信你清楚是为什么……"

"你清楚吗？"我摇摇头，我一点也不清楚是为什么。

不过人家信里写得挺友好和善的，我为自己的莽撞、冲动行为感到自责与惶恐，我害怕彼此之间刚建立起的一点好感会被马上扼杀掉，因此赶紧又给她去了一封解释加道歉的信。

事实果不出我所料，女班长误会并动怒了，她不仅写下了红笔绝交信，还退回了我曾送给她的照片。尽管我清楚这时再多的解释也是无济于事，可我还是忍不住为她写了封忏悔信并附上了忏悔诗。只是此刻败局已定，我已无力改变我们之间的僵局，我们的美好交流就像昙花一现，稍纵即逝了。

*03*

# 回忆深深

　　言归正传，还是接着说章丽要转校的事吧。

　　有天晚自习课上，我略带怒气地问章丽："听说你要转走了？"

　　"是呀！我忘了告诉你了，真不好意思。"她一脸歉意地笑着说。

　　"没什么，我又不是你什么人，你也没必要告诉我……"我似笑非笑地挖苦道。

　　她皱了皱眉头，想说什么却没有说。我们之间整整沉默了一节课，在这中间我时不时地偷看坐在我旁边的章丽。我觉得，甭看这小妮子平常笑起来灿若桃花的，可深沉起来也是挺正经的。

　　尽管我明白自己对她的感觉只是喜欢，是不应该奢求太多的。可年轻的心历经几多情感的折磨与挫折，如今我真的好想得到异性的安抚与慰藉。

　　我是一个内向敏感而又脆弱多情的人。拥有这样的性格，我真不知是该为自己感到悲哀，还是感到幸运？悲哀的是因为敏感脆弱，感情的打击与伤害常常免不了让我伤痕累累；幸运的是因为内向多情，心灵的早熟和丰富时不时让我引以为荣。我是个喜欢思索与用情的人，从小就爱做梦，进入少年时自然思想繁杂、谋事太多。我崇尚智慧、向往浪漫、追求自由，正是这些理念与信条让我感到做人应该复杂些。

当然，我说的主要是心灵上的复杂，而生活上我则认为越简单越好，因为人与动物的根本区别便在于思维上。既然我们有独立思考的能力，就不应该浪费或丢失掉。

或许有人会说："你这家伙整天都想些什么呀！不是恋爱、泡妞便是交友、喝酒，再者就是看电视、读小说……"对此我只能一笑了之。他们说的也是实情，但只是表面现象罢了。我一直觉得自己不是一个游手好闲或者胡作非为的恶少，尽管有时候我在别人眼里可能是一个不务正业的坏学生。我也有理想有抱负有苦恼与忧愁，不然我不会每天都坚持写日记，不然我不会半夜总失眠。

只是，我是一个复合型的人，我的灵魂与思想属于天才、哲人型的，而我的肉体与身躯却注定只能是凡人、普通型的。在我内心深处，感受最深的两个词便是怀疑与矛盾。现实里，我不相信一切所谓崇高与神圣的东西，不相信历史、媒体、政客所说的光荣与伟大，不相信爱情的圣洁与忠贞、友情的真诚与宽恕。在我眼里，一切都是阴暗、虚假、伪善的。可是，生活中我又往往放不下这些，还得拼死拼活、不亦乐乎地追求与向往这些自己所鄙弃的东西。正是这种怀疑加剧了我的矛盾思想，以致发展到不相信世上有纯粹的好人而且觉得坏人也并不全是坏的。

比如男女关系，我经常在日记里批判那些花心、风流、好色的男人以及淫荡、不检点的女人，而生活中，我往往又抑制不住自己多情的行为，又会产生要是这女孩来勾引我该多好啊的丑陋想法。

拿这次与章丽的相识来说，我并没有爱上她，或者说还没有爱上她，可心里就已有怎么追她到手的念头了。我为自己的荒唐想法久久感到自责的同时，也隐隐有丝莫名的兴奋与冲动。理智与情感的斗争对我来说已成家常便饭，尽管我总是以哲者自居，总是以见多识广为荣，可最终胜利的仍是情感。我一直解释不清自己对人间情爱的态度，明明内心是那么在乎、那么向往、那么看重，可表面上还得装出一副自命清高、不为所动的神态。

不管我的性格与思想再怎么出格与可笑，但我从未感到后悔或者懊恼过。我宁愿活得累些苦些难些，也不愿意简简单单、一事无忧地做一个思想的白痴。本以为像我这样的荒唐想法是古来少有，直到后来才从书中得知，其实在几十年前蒋介石就有这样的看法。他曾在文章中写道："思想上越复杂越好，生活上越简单越好。"

有了前人精神上作支撑，我更我行我素了！

晚上放学时，章丽塞我文具盒里一张纸条，然后头也不回地走了。

我心里窃喜，难道这小妮子给我写情书了？

慌忙打开一看，我方为自己自作多情的想法感到脸红。原来人家是照顾我的感受，特意留了一张告别条："可能我近几天就要转走，我会记住的：我们曾经是朋友。"

"曾经是朋友，曾经是朋友……"嘴里反复念叨着这句看来近似可怜与同情的安慰话，我真想哈哈大笑。如果她写的是"我们永远是朋友"或许我心里会好受些，我默默地暗思道。

其实，不论她写的什么话都很难抚平我那颗萌芽动情、意气风发的春心。虽然在我看来是个近乎笑话的留言，可我还是那么地珍惜与慎重，悄悄地把它收藏了起来，还时不时地拿出来读一读，甚至还产生了永远把它保存下去的念头。

之所以有这样的想法，也并非不可以理解。想想从小到大，有几个女孩子对自己说过"是朋友"的话？在一中时，尽管我也曾莫名地喜欢过好几个女孩子，可又有谁把我当作朋友看待了？甚至连这么虚情假意的客套话也没有一个人对我说过。

逝水年华的歌声虽已飘远，但并不意味着往事亦如云烟一样了无痕迹。怀念是伤，不止一次戳痛我即将麻木的神经。看一看两个月前我写的忆一中岁月的诗——《想哭》，就不难想象我当时的孤寂与落寞。

　　有一丝苦涩的心情　有一种想哭的感受

　　虚伪和自私已让我无从忍受

　　有一点失望的情绪　有一片阴郁的天空

　　挫折和黑暗已让我无力进取

　　有一种挚诚的友谊　有一腔豪爽的侠情

　　猜疑和利用已让我无处逃避

　　有一首多情的诗句　有一曲痴心的歌曲

　　迷惘和相思已让我极度空虚

　　有一张寒霜的玉脸　有一种冷漠的眼神

　　无情和歧视已让我丧失勇气

　　有一颗不变的真心　有一粒不悔的种子

　　海誓和山盟已让我有点怀疑

　　什么样的心情　什么样的机遇

　　塑造了这样一个无尽无期的回忆

　　我好想哭泣　哭醒迷失的自己

　　用泪水洗刷往日的肮脏

　　可是——生活在这浑浊的世界里

　　我却身不由己

　　必须得交代一下，这首诗是为一个女孩而作，起码是她激发了我的创作灵感。

　　那个女孩叫吕媛，是一个十分冷傲、奇特的女生。在我有限的生命里，如果非要把喜欢过的女孩排排位的话，她应该不出前三名。可惜苍天捉弄人，越是对我人生至关重要、不可或缺的意中人，越是让我如痴如醉、魂牵梦系的姑娘们，越注定我不能得到她们。

　　说起吕媛来，我又不得不进一步回忆往事。尽管往事给予我的只有凄凉与痛苦，甚至卑微与可怜，但我是一个过于注重感情的人，不论是爱还是伤痕，都难免要比别人的深。而回忆则更深，深得如同生命一样，又让人难以舍弃。

吕媛是我一中时的同学，她与女班长汪莉一样，都曾与我同班过两年。更有趣的是，我对她俩的感情都有点相似：都是一种无法言说的崇拜与敬意。自然，对汪莉我是十分的爱慕，对吕媛则是十分的膜拜。

虽说我们初二时就在一个班，不过真正引起我注意与好奇心的却是在初三时期。我清楚记得吕媛让我第一次动心是在一场文艺晚会上。

那还是一中初三的元旦，我们三（四）班举行一年一度的文艺汇演。当时，班主任提议先让班干部表演一个节目，身为一班之长的汪莉自是首先登台亮相了。她唱了一首刘德华的《忘情水》，博得了台下同学的阵阵掌声。我也拍得很起劲，大概是那晚的第一次鼓掌。因为我一直不爱凑热闹，别人拍巴掌叫好时我偏不拍。本以为晚会就为女班长鼓一次掌就算了，没想到后来又鼓了一次，那便是吕媛站起来表演时。

为什么用"站起"而不用"登台"呢？我想这就是吕媛的独特之处与让人爱慕的地方吧！

当时，她是直挺挺地站在座位上表演节目的，而且表演的竟是朗读自己的一篇作文，这太出乎同学们的意料了！读文章？开玩笑，从一中建校以来还从没出现过这怪事呢！

老师和全班同学都带着惊讶的目光发出阵阵嘘叹声，我更是感到无比的惊讶与狂喜。惊讶的是在班内竟然还有这么鹤立鸡群、与众不同的女孩，狂喜的是我终于找到了自己一心崇拜与爱慕的天使了。这次我鼓掌鼓得特别响，而且从开始一直鼓到结束，与其他同学的沉默与冷静形成了强烈的反差，惹来了不少窥视与不怀好意的目光，害得我大汗淋漓、脸红脖子粗的。

打这开始，吕媛便引起了我的注意。像所有电视、小说以及前辈们所表现的那样：我开始频频关注她的一举一动，开始进入花非花、梦非梦的朦胧暗恋时期，开始了平生里的第一次心跳与沉思……可惜，一直在注意与暗恋别人的我，却始终没有引起过别人的注意。尽管如此，我亦是十分兴奋与激动，因为有所追求总比没有追求要强得多。

起初，我以为我只是由衷地敬佩与欣赏吕媛的性格与表现，以为只是喜欢她、想与她成为朋友罢了。可后来的一次深入接触，让我真的无可救药地爱上了她。

中考前夕，学校组织报考中专（中师）的学生去县医院体检，班里就剩我们几个报考高中的学生。中午，他们几个去操场上打篮球，独留我在班内晃来晃去，没事可做。忽地，我有想唱歌的冲动，便顺着自己那排的桌子一个个地往后扒着找抄有歌词的日记本。

也不知为何，鬼使神差的我竟找到了吕媛的位子上，并发现了两个日记本。虽说心中对吕媛充满了好奇与神往，可我从没有想过偷看人家的日记，如果不是这次无意的"邂逅"。本来我是想拿起来看看，如果不是歌词本便放下。可没想到这一看，我顿时没有了放下的意念。其实，她的日记本上也没写什么大不了的事情，无非是在夸夸其谈：不喜欢打扮，不喜欢戴花擦粉，不喜欢奇装异服。还说"只要你对别人好，别人也会对你好的"。还写了对班主任的诸多不满情绪以及对女班长的一些成见。

不错，吕媛从来没有在班内穿过时髦的衣服，也未见她戴过什么花、抹过什么粉，这点让我由衷地敬佩与倾慕。她对班主任的不满我亦有同感，真没料到学习好的班干部竟也会有此想法！

有时，总觉得天下是何其大，大到"茫茫人海无知音"；有时，又觉得天下是何其小，小到"有缘千里来相会"。我以为我与吕媛是有缘的，因而捧着她的日记本有种爱不释手的感觉，真想拿走了之。最终我没有这么做，我觉得如果得到了一个人的心，还愁得不到她的日记吗？

可是，整整到中考那段时间，我没有向吕媛发动进攻。原因有二：一是没有信心，尤其当看到有位男生的情书被吕媛无情地退回后，我更失去了勇气；二是怕影响她的学习，看到她整天那么拼命地用功，我不想再给人家添麻烦。

"心比天高，命比纸薄"是最能形容我心情的一句话。我既是一个悲观的失望者，又是一个顽强的乐观者，这注定我一生要活在痛苦、矛盾、迷茫与彷徨之中。

有人说："磨难是最好的学校。"那么痛苦对我来说就是最好的老师喽？曾经的我一直都是快乐的，可自从迷恋上冷傲的吕媛后，我开始变得喜怒无常、忧心忡忡。

看一下当时我写的诗《独白》，就清楚我的处境如何了。

我是欢乐的

假如没有你的出现

我也不会日夜思念失眠


我是单纯的

假如没有爱的箴言

我也不会苦恼性情多变


我是幽默的

假如没有苦的桑田

我也不会经常沉默寡言


我是豁达的

假如没有情的迷恋

我也不会一时糊涂孤单


我是坦率的

假如没有心的杂念

我也不会偶尔说谎欺骗


我是坚强的

假如没有泪的飞溅

我也不会如此脆弱伤感


我是自豪的

假如没有这些经历

我也不会走向成熟完善

关于暗恋，各有各的说法。

有人说：暗恋是世上最愚蠢的行为！不让别人知道，那有什么意思？

也有人说：暗恋是一种美好的感情，它因为无私无欲无求而显得格外纯真与高尚。

在这里，还是一位作家说得好：暗恋是世界上最伟大的一种情感，人一生能有一次足矣。如果太多了，就显示不出其伟大了。

如此说来我该为自己庆幸了，庆幸已拥有过暗恋了。当然，在我的人生扉页里，有过许许多多的暗恋情愫，可始终如一的暗恋也就仅对吕媛而已。直到今天，恐怕她还不知我的这份深情呢。

在那临近中考的日子里，我因吕媛而做出过许多荒唐可笑的举动：上课时候侧着身子往后看她认真听课的样子；下课追随着她的身影发呆；自习时她出去读书我也出去、她在班里读书我也留在班里；尤其麦假补课期间，每天中午放学的时候，本来该往西走的我非要跟着吕媛往南走，一直到河堤才罢休。

多少次我想鼓起勇气向她表白心中的真情，可反反复复地掂量，最后我连一句话也不敢对人家讲。而仅有的一次说话记录还是朋友帮忙想出来的。

那是麦假一天的自习课上，望着身后的心仪女孩吕媛我直发呆。好友章小雨悄悄地跑过来问我发什么愣。我告诉他我的心里话以后，小雨笑着说想和人家搭话不是很容易吗，你假装跟她借针缝衣服不就成了？

想想也是，我暗骂自己笨，连这点雕虫小技都想不出来，难怪一直追不到姑娘呢！

抖擞抖擞精神，我拎条凳子去教室外面读书，并特意坐在吕媛的窗子旁。假装看了会儿书，我扭头对窗内的她说："哎！媛媛，你有没有针呀？"

可能是正在读书没有听见的缘故，我喊了她一声她竟然没有答应。一气之下我大声地说："媛媛，媛媛……"惊得她立即不再读书扭头问道："什么事？"

我强颜欢笑地说："你有没有针呀？"

"没有！"她干脆、果断、利索地回答，之后就不再理睬我。

*04*

# 暗恋物语

有首歌也不知是谁唱的，其中有句词令人难以释怀："如果一切全靠缘分，又何必痴心爱着一个人……"直到今天我才明白：许多曾经让我莫名兴奋莫名激动的所谓缘分，只不过是自己的一厢情愿与巧合罢了。譬如与吕媛的相遇，当初与她同班的男生那么多，若按我所设计的相逢皆是缘来说，那岂不是他们都可以自豪地宣称自己与吕媛有缘了？

太多时候，人们总是不自觉地爱以自我为中心，把自己当成生活的主角，把故事中好的色彩都涂给自己，而坏的色彩全留给别人。可是，现实不是电视剧与小说，无法如自己撰写、导演得那么完美、和谐，许多剧情根本不按我所设计的场景去走，最终往往走向了反面，或成了一场闹剧。

还记得让我感受与吕媛缘分最深的一次是晨读的邂逅。尽管如今已清楚那只是一次凑巧的相遇，可回想起来仍令我感怀万千。

事情亦是发生在临近中考的日子里。当时我抱着"临阵磨枪，不利也光"的想法，像其他同学一样早起晚归地学个不停。

有一天，不知发什么神经，深夜两点多我就从被窝里爬起了，本以为教室没开门，自己只有越过窗户抽书看了。不料，我刚走到教学楼下，吕媛就从后面超了上来，并迅速打开了门。偶然的巧遇，一下子让我兴奋、激动、幸福得难以自持。我马上想到了"缘分"，还想到了"天意"，唯独没有想到"巧合"与"侥幸"。

坐在位子上，我哪还有什么心思看书，不是偷瞧吕媛的脸，便是胡思乱想地暗自发呆。

看了会儿书，吕媛忽地趴在桌上睡着了。看着她沉睡的样子，宛如初生的婴儿，那么祥和、安静与好看。见此时机，我不再偷偷摸摸地斜视了，变成了大胆地正视：扭过身，手托腮帮子一眼不眨地望着她，尽情地浮想联翩。

大约过了二十分钟左右，她猛地抬起了头，朝我这边望了一眼，眼神里充斥着淡漠、傲慢、孤独，还带着缕缕的忧伤、迷惘之情。见还是只我一人，又埋头趴在了桌子上。可这一突然袭击吓得我惊慌失措，也羞得面红耳赤，再也不敢光明正大地瞧人家了，又变成了偷偷摸摸的窥探。

后来，班内慢慢悠悠地来了几个同学，我更不敢肆意妄为了。而吕媛也不再睡了，读了会儿书，匆匆地出了教室。本以为她回宿舍睡觉去了，谁知我往后窗一望，她原是在教室外面读书。这一早，我没有用心读书，不是静坐胡想，就是偷眼观吕媛，觉得时间好漫长、好漫长……

毕业后各奔东西的日子里，无论身在何方我都想念着吕媛，想念着那个有可能毁掉我一生"幸福"的女孩。以致外出求学时，我曾给她写过好几封信，可一直没有得到回音，这让我久久不能释怀。

我以为再也不会想她了，我以为彻底对她绝望了，我以为过去的永远就这么过去了……但今天这首诗再度勾起了我的相思之情，让我意识到自己始终未曾忘记过吕媛，没有天天念她只不过是把她深藏于心底罢了。

多年以来，我在很多日记与文章里都时不时写到一中，写到吕媛。我一直不明白为何会那么怀念逝水年华的"旧初三"岁月，怀念那个身着白衣一脸孤傲冰冷的无情少女，怀念那些在别人看来可有可无似傻似蠢的荒唐举动……真的，我和她之间根本没发生过什么刻骨铭心的爱恋,甚至连简简单单的相识都谈不上,这有什么可值得纪念的呢?

今天,我终于明白了:对我而言能天天看到吕媛,看到心目中的天使,即使不相识、不说一句话,也是一种莫大的幸福与快乐。

章丽要走的事我暂时把它放到了一边,既然是铁定的事实不能改变,再想它还有何用?

拿出日记本,我想要写点什么,可脑海出现的竟全是吕媛的身影,害得我握着的笔不知该从何入手。思来想去,我胡乱地写了首诗,以慰今天的心情。当然,这是首怀念吕媛的情诗,题目就叫《名字》:

名字是一种神奇的力量
无时无刻不在鞭笞着我
鞭笞着我不能改变自己
反反复复沉浮在心里

名字是一种极大的动力
想到它就如尝到了甜蜜
这种甜蜜是那么让人无法忘记
美好的感觉永远储藏在心里

名字是一种特效的良药
能治愈我无数的创伤
挫折难过时我不再默默地哭泣
念到它就如同找回了自己

生命中最宝贵的

人世间最难忘的

都莫过于这两个平淡的字迹

不管是在春风得意的时候

还是在风雨交加的时候

我都常常地把你想起


不管是在冷清黑夜里

还是在喧哗白日里

我都牢牢地把你写在心里

有什么不能忘记

有什么不能失去

有什么不能怀疑

只有你——一个朴实无华的名字

教室的同学陆陆续续地走完了，就剩前面几个学生还在埋头苦学。

突然我眼前一亮，发现一个极熟悉的倩影在第二排的紧北边坐着，那不是我正在朝思暮想的天使——吕媛吗？

心惊喜得无以形容。我定了定神，特意向前移了几个座位，方发觉她不是吕媛，只是长得像罢了。不过，这也够让我兴奋一阵子的了。正为章丽的突然离开而懊恼的我，此刻一点也不觉得有什么遗憾了。

真的，在二中复读我是极不情愿的，之所以最终留下就是因为感情，除了章丽，这个长得像吕媛的女生更是我心甘情愿、永不后悔留下的主要原因。

她是谁？我心里左思右想地回忆着。

记得刚进班时，我就发现前排有个穿红衣的长发女孩，形态十分像吕媛，激动得我一连几堂课都没心思学习，反复在琢磨她姓甚名谁？后来班主任点名时我听见她姓许而非吕，叫许晓丽。不过我很是欣喜，因为自己终于有了追求的目标。后来由于章丽的出现，打乱了我的计划……

不想那么多了！我站起身来，回宿舍睡觉去。

走进寝室，里面闹哄哄的，聊天、吸烟、打扑克、听音乐的比比皆是。我捏着鼻子，迅速爬上床，见武英正在看小说。

"什么名字？看得这么津津有味！"我打趣道。

他直直身子，一脸喜形于色的表情说："古龙的《情人箭》！"

我"哦"了一声，拉着毯子躺了下来。

"怎么这么晚才回来？"闫武英不忘关切地问道。

"当然是为了女人啦！"我懒洋洋地回答。

"是不是那个章丽？"

"是呀！她这两天就要转走了！"

"那你完蛋了，没戏唱啦！"

"没什么大不了，我还有'候补队员'呢！"

"嘿，老兄，行呀！你心里还藏有小妞啊？是哪位呀？"武英紧追不舍地逼问。

我没好气地说："说了你也不知道！还是明天指给你看吧！"

"行，行，待明天让我为你观瞧观瞧。"武英色迷迷地笑着。


第二天早自习，闫武英窜到我的位上，叫嚷道："哎！老兄，给我指一指哪位？"

我一把拽住他，使着眼色焦急地说："别烦我！下课后再告诉你。"

他看了一下我旁边的章丽，见正斜着眼瞟我们呢，像是明白怎么回事了，于是笑嘻嘻地说："那好，放学后我们再认那家伙……"然后知趣地走开了。

好险啊！我心里暗叹道，真怕他问下去让章丽起疑，还好他也挺机灵的。

刚才真是紧张得出了一身冷汗，我忍不住用手拉了拉领子，深深地舒了口气。

"嗨！名扬，武英找你问谁的呀？"正当我暗自庆幸时章丽冷不丁地一发话吓得我一哆嗦，我强装镇静地说："没什么，问的是一个男生的名字，那家伙惹了我们……"

"是不是你们又要打架？"她关心地望着我。

"这……不一定，可能只是训他几句吧！放心，我不会在班内闹事的。"

"那就好！我不希望你成为惹是生非的坏学生，更何况大家都是同班同学，得饶人处且饶人嘛！"

"知道了大小姐！有你在一天，我绝对不会犯事的……"

"什么意思？是不是我一走你就要胡来？"

"没办法，我这人自制能力差，如果没有人管着我，我不敢保证自己不犯错误……"我耸耸肩无奈地说着。

章丽一听，脸色微微变了变，她咬了咬嘴唇，轻声地低吟道："对不起，本来说好不走的，可今天家里人非让我转走，我只能说抱歉……"

我也不想让她太过自责，故作轻松地劝道："没什么，只要你记得我这个朋友我就放心了，我会尽力克制自己的。"

她淡淡地笑了笑，如三月荡漾的春风，吹开了我炎炎夏日里的几许哀愁，心醉得我只想伏在草地上，眼望蓝天白云，听小河流水的欢唱，听伊人婉转悠扬的甜歌……

放学后，去吃饭的路上我与闫武英边走边聊。无意中我想起一个让我心动的名字，不禁脱口问道："哎，老弟，你在一中上学时，听没听说过一个叫什么丽娜的人？"

"何止听过，我们还是老同学呢！经常在一块玩。咋的？你也认识她？对她有意思？"这家伙一脸奸笑地追问。

"不认识，只是在打饭时见过。她身材不错，气质也很好，曾让我心动过……"

"那怎么不去付诸行动呢？她这种女孩最好追了！"

"原因有二：一是不认识，没人介绍；二是有她父亲的丑事谁还敢招惹她？"我心情沉重地说，眼角还有些涩涩的。

武英这时也正经地说："是呀！她老爸在咱镇是臭名远扬，你若娶了她有你好受的……"我不再吱声不再搭话，思绪仿佛又回到了一中那段难忘的岁月。

那时也是初三，有一天，我和好友晓亭一起去吃饭，在食堂门口站满了人，其中有一个亭亭玉立的女孩身着淡雅的青色西装站在那里，煞是好看，给人一种鹤立鸡群的感觉。我眼前一亮，看着她清纯、水灵的瞳子以及花容月貌的脸庞，心动得难以自制，更让我诧异的是她穿的西装正好与女班长的一模一样。

我几乎是马上扯着好友的衣服低声偷问他这个女孩是谁的。晓亭毕竟在一中吃得开，认识的人也多，他一眼就瞧出来了，揽着我的肩打趣道："怎么，老弟，看上人家咯？"

慌乱的我不知所措地答道："没有，只是觉得她好纯……"一听我这话，晓亭嘿嘿窃笑起来，他唉声叹气地说："老弟，你的眼光是不错，她长得不赖，可要说她纯打死我也不相信！"

"怎么回事？她到底是谁？"我急急地盘问。

"她是二（2）班的，叫丽娜，应该称得上情场老手啦！更要命的是，她有一个丢人的老爸……"

"噢？她老爸怎么了？"我好奇地问。

晓亭苦笑道："你还记不记得半月前镇派出所与县武装部一起在学校举行的宣判大会？那个强奸犯就是她老爸。"我终于想起来了，那热闹的场面至今还在我脑海里回荡不息。

就这样，我仅有一刻的心动故事没来得及发芽，甚至没来得及播种就这么破灭了。有时，我总在想：如果那个女孩也真心喜欢我的话，我会不会计较那么多呢？我不知道，因为人生不能假设……

来到饭场，人已满满的了。

老实的学生们傻乎乎地排了一个长队在等着打饭，而那些坏学生和人高马大的学生却挤着或开后门去打饭。

尽管我俩不是坏学生，但我们也不是吃素的，凭着麻利的身手很快也打好了饭。正准备找地方吃时，我看见一个熟悉的身影在晃动。定睛一瞧，正是许晓丽。

惊喜得我立即拉着武英，伏在他耳旁小声说："你瞧，那个穿红衣的女孩就是许晓丽，怎么样？"

"嗯，整体来说还可以，不过没有你形容的那么好！还不如章丽那妮子呢……"这小子打着官腔充"大鱼"道。

一听他这话我就来气，这不是明摆着侮辱我的智慧且怀疑我的眼光吗？尽管我也喜欢章丽，尽管她也长得不赖，可我总觉得她是无法与许晓丽媲美的。如果选择女朋友的话，我肯定会毫不犹豫地找许晓丽。当然，可能是因为许晓丽长得太像一中时的同学吕媛了！难免会先生好感，可我还是力求自己做到了公正客观地比较评价二人。

弄得我本来很高兴的心情一下子没了兴趣，忍不住插话道："咋的？人家哪不好看啦？"

闫武英好像听出我的口气了，但还是求实地说："老兄，你别不爱听，姓许的确实长得不赖，可还是有'瑕疵'的。你发现没，她的脸形好像有点偏？"

我扑哧一下笑出声来，本以为是什么大毛病呢，原来是这点小事，气得我真想踹他几脚。

"老弟，行啊！你瞧女孩透彻入微的功夫真乃我等平庸之辈遥不可及呀！难怪无论到什么地方你都能与女生打成一片，佩服，佩服……"我假装恭维调侃着。

闫武英也回了我几句，彼此哈哈一笑，便找地方去吃饭。

说起吃饭来就让人伤心，这算什么饭呀？白开水煮萝卜或煮白菜，连一滴油也没有。馍也是黑窝窝头，又小又脏，要多难吃就有多难吃。同一中的伙食一个模子，是不是天下的农村中学都这鬼样？简直是在坑害祖国的花朵！我愤愤不平地想着。

可没办法，再不好吃也得吃下去，不然会饿肚子的。去水池刷碗的人比较多，不过我不用操心，只负责在一边打下手，因为今天轮到闫武英洗碗了。

忽地，我听到水池上传来几声清脆的铁碗碰撞声，走近一看，见是武英与人家抢着接水呢。对方气势汹汹的架势并没有吓到这家伙，他知道我绝对不会袖手旁观的，且对自己的身手很自信；因而丝毫没有示弱，也向对方吹胡子瞪眼的，都正准备发怒时两个男孩过来把他们劝开了。

二人我都认识，一个叫亚朋，一个叫亚威，全是我们班的，其中亚威与我还是一个大队的。当然，这时我也凑到了前头，以观静变。

亚威赔笑着："诸位，都是自己人，用不着大动干戈。"

"来，我介绍一下：这位是我们的老大哥肖勇。"然后他又指着我们向对方介绍道，"这两位是我们班的兄弟，他叫闫武英，他叫王名扬。"

经他这一搅和我们也打不起来了，彼此哈哈一笑便成了朋友。也是从这开始，我与亚威、亚朋熟识了，以前只是见面认识罢了。

在这十来天的假期复读里，我对全班的情况已基本了解清楚；比如漂亮的女孩也就五六位，除了许晓丽、章丽外，还有杨晓玲、林雅倩、华蓉、丹妮，都长得不错。当然，这些都是凭我第一印象感觉出来的，只能称得上是外表美，至于内在美不美也无从得知了。因为目前我已把目标放在了许晓丽身上，所以其他女孩也只是瞅瞅算了，顶多开上几句玩笑。

*05*

# 逝水年华

　　为了记录我的情感经历，以备多年后写自传，我每到一个地方都要买几个日记本：一个用于平常的普通日记，另一个用于记录比较隐私的情感日记，再有一个则用于写些感情方面的旧事或感悟。

　　我这两天心事重重的，章丽要走了，也没定具体是哪一天，害得我心里七上八下，不是滋味。而对许晓丽的相思也日益剧增，愈演愈烈。从有了粉红色日记本那天起，我按捺不住心中的激情，呼呼地写了好几篇感情真挚的文字，例如《阳光下的日子》《我不在乎你》《梦中有你》《从你的房子里走出来》。这些文字大部分是为晓丽写的，当然也有怀念吕媛的篇章。

　　说真的，我之所以那么迷恋许晓丽，全是吕媛的影子惹的祸。她们俩长得像，也许是巧合，却弄得我倍受相思的煎熬。看看这篇《我不在乎》，真令人哭笑不得：

　　造化弄人，苍天捉弄，真让我啼笑万分。我不知是相思入了迷，还是神经出了毛病，竟搞出了一段让我白白浪费时光、思念成空又无收获的故事。从进班那匆匆的一瞥即种下了相思的红豆，又闹出了一场心灵的悲剧。我本以为你一定姓"吕"，而且班主任又叫了你的名字，心想这真是有缘！可万没想到的是你姓"许"，而非姓"吕"。

这一字之差却使我悲伤万分，痛苦不堪。我真后悔自己怎么没听清你的姓名，造成了我这几天空相思、日夜难眠的可笑局面。我一直把你当成了她，从坐姿、睡姿、走姿、语言无一不同，连你和她的容貌也有几分相似。

虽然你不姓"吕"，但如今我已不在乎这些了，从课堂上目光交融的瞬间我发觉了你的美，我期望有一天能有一位知己在身边作陪，但这知己必须是红颜，并不是红粉。我相信我们有缘，也相信你一定也有过与我一样的经历。

人生如梦，短暂宝贵，时光不宜再度浪费。我不在乎什么天长地久，只要能够如愿以偿，我不在乎什么真真假假，只要能够曾经拥有……

这天早自习放学，我与闫武英下楼去吃饭，忽见章丽在楼下跑来跑去的。我想这小妮子干什么呢，不会是要转走了吧？本想过去慰问两句，可武英这边一催我不得不加快了脚步。就这样，我只能眼睁睁瞅着她在楼下消失。

为了改善生活，我们特意从老师的食堂打了些饭菜，可我还是没什么胃口。武英笑着问："哎，怎么老是心神不定的样子？是不是担心那小妮子走了？"

"是呀！我怕她不辞而别。你知道的，我现在还没有她的一张照片呢，临走不要以后就没机会了！"忧郁的我淡淡地说。

"别担心，大不了吃过饭赶快跑过去，难道她不吃饭就走？"闫武英乐观地劝慰我。我点点头，认为她也不可能说走就走。

本来该我刷碗的，但老弟还算讲义气，为了我的"大事"竟然让我先走，他来收拾残局。

我顾不上洗手，站起身匆匆向教室走去。刚走到月亮门，迎面突然出现一个婀娜多姿、亭亭玉立的美女，惊得我一时竟手足无措，傻愣愣地站在原地不动。

这时亚威正好从旁边经过，他笑着打招呼："嗨，老兄，吃过饭了！"

"是呀！你也吃过了吧？"我客套地回答。

他应和着说："也是刚吃过，我们一周轮一次刷碗，这周该亚朋了，所以我先走了。"

"是啊！人多在一起吃饭还挺好的。我们就不行了，就俩人，一天一轮，刷碗刷的烦死了！"我们就这么并肩边走边聊。

忍不住心中的困惑，我无意地问道："老弟，刚才走过的那个女孩是谁呀？"

亚威一听，脸上露出得意之色："她呀！可是在全校鼎鼎大名的'浪花'！不知迷倒了多少英雄豪杰。"

我一时没听懂，追问说："什么'浪花'？外号？"

"聪明！是外号，不过不是大海中的浪花，而是'放浪之花'，清楚了吧，老兄。"

"噢！原来是这样……"我有种恍然大悟的感觉，进一步问道，"她是哪班的？叫什么名字？"

亚威惊奇地说："你应该认识她的，她是三班的，叫清芳，跟我们一个大队，父亲是教学的……"

打开记忆的闸门，我苦思冥想半天，终于有了一丝印象。


那是一年前的事了。

当时我刚从一中毕业，暑假在家没事，便去找好友鹏程玩。

他们村与我们村很近，就隔着一条泥河，步行十几分钟就到了。

见面后我们十分亲热，因为他初三中途退学，我们已好久没见面了。

在他家看了会电视，我觉得没意思。鹏程提议出去走走，我也正有此意。因为早就听伙伴说他们这个村盛产美女，有许多漂亮的女孩，我一直不相信。印象中小学同学里他们村长得漂亮的也就两三位，难不成下几届中就有了这么多美眉？

在大街上往西走了几百步，前面就出现了亮丽的风景。一位穿着白衣的少女迎头走了过来，她一见鹏程笑盈盈地招呼道："小鹏，没事了？"

"是呀！老同学来找我玩，我带着他去逛逛。丽姐，你去哪儿呢？"

"嗯，到东地看看……"说完，她就走了过去。

虽然我没有插一句嘴，但我的眼睛自始至终都没离开过那个女孩一下，我深深地被她那清纯、脱俗、素雅的外表迷住了。她给人的感觉是不能用漂亮来形容的，只能用美，任何矫揉造作的词都是对她的侮辱与亵渎，都难以形容她的美丽。

"清水出芙蓉，天然去雕饰"，或许只有这句话能表达我对她的仰慕。看到她，很容易让人联想到大自然的风景。她确实是来自于自然，自然地纯、自然地靓、自然地美以及自然地香。虽走过很远了，可她的气息仿佛还缭绕在我的身边挥之不去，我彻底被她的容貌与气质吸引住了。

"哎，她是谁？长得这么好看！"我早已迫不及待地向好友追问道。

鹏程眨了眨他那明亮的大眼，笑眯眯地看着我："我这可是第一次见你这么慌不顾体地盘问人家的底细呀！有什么企图？"

"没什么，我只是奇怪你们村真的还有美女哪。太出乎我的意料了！刚才那女孩我怎么以前没见过呢？她究竟是谁？"我的嘴似机关枪一样不停地发问。

"停，停，停……先暂停一下，老弟，你再着急也得容我一个个回答，好吗？"

"那好，你说。"

鹏程一脸苦笑道："她叫玉丽，跟我姐一届，比我们高几届呢，所以你不认识她。""原来如此，怪不得呢。希望以后能有机会认识她……"我喃喃地说。

"别做春秋大梦了，人家可比你大多了！"一旁的鹏程用手捶我的肩膀打趣道。我气呼呼地说："大几岁怎么啦？我不在乎，只要双方是真诚相爱就行！"

"算了，算了，不谈这些了。走，咱们去找新亮去。"好友挥手道。

我没意见，便跟着他走。

见到人后，新亮提议去偷桃吃。我笑笑说："不行，不行。尽管我爱吃桃，可也不爱搞偷鸡摸狗的事，再说，这是在你们村上……"没等我讲完，鹏程取笑道："别找借口了，老弟，没胆子就是没胆子，大不了你站在一边放风，怎么样？"

"那好吧！我只帮你们看人，其他事可不管……"我无奈地摇摇头。

转身我们往村东头走去，在路的南边有一片密密麻麻的桃林，在田园的南头还搭了个小草棚，可能是专门用来看桃子的。

等我们快走近时，突然从里面走出两个女孩，都长得十分漂亮。她们边走边笑，手里好像还提着什么。这个突发状况弄得我莫明紧张加兴奋，心想：太好了！他们偷不成桃了，我也不必忐忑不安地担心这担心那了，而且还可以好好地欣赏欣赏美女！

正胡思乱想之际，两位美眉已与我们迎上了头，鹏程与我都同时一惊！原来是她！

其中一个我俩都认识，而且还非常熟悉，她不是别人，正是我日思夜想的梦中情人——旭儿。

双方都止住了脚步，他们俩笑嘻嘻地同那个陌生女孩打招呼，而我却与旭儿说话。

"怎么你也在这儿呢？"我惊奇又略带欣喜地说。旭儿见是我，也笑着说："嗯，我来看看我姑，顺便摘了些桃。哎，对了，给，你们几个吃吧！"

一旁的陌生女孩也微笑着说："是呀！给，你们吃桃吧！"我们三个自然是摇头摆手说不吃，赶紧找了个借口慌张地离开了。

看着他们俩灰头土脸的样子我真想笑，不过随口却问的是："老兄，刚才那个美眉是谁呀？怎么会和俺村的人走在一起呢？"

鹏程没好气地捶胸顿足道："真倒霉！一出师就遇到这个扫帚星，偷不成桃了！"接着答道，"她就是桃园主人的女儿，知道了吧！你们村的女孩与她叔家有亲戚，明白了吗？"

这小子，存心想气我，说的净是些废话，半天我也没弄明白她究竟是谁。

最后，还是新亮插嘴道："别卖关子了，告诉他吧，不然这家伙要气炸肺了！她呀，叫清芳，父亲在小学教学……"

噢！我终于想起来了，知道她父亲是谁了，也知道旭儿与她是什么亲戚了，不过之前我确实很少见她，因为她比我低两届。至于她的大名我是早有耳闻，我们村的伙伴总是在我跟前提起她，说她怎么怎么不好，怎么怎么放荡。但是，今天在我看来，她长得并不像人们所说的那样呀……或许人真的是不可貌相吧！

推门进入教室，里面稀稀拉拉就几个人，没有章丽的影子。

一丝不祥的感觉涌上我的心头。快步走到位子上，她的桌上已空空如也，果然是不辞而别了！气得我挥拳猛捶了几下桌子。

扭头走到窗户旁，我问在座位上看书的杨晓玲："劳驾一下，你看见章丽了吗？"

她转过那胖乎乎的脸，对我似笑非笑地说："没瞧见，咋的？是不是有什么不可告人的秘密想对人家说？"

"闭上你的乌鸦嘴吧！"我边走边回敬道。

又找到章国徽一问才知道章丽确实是走了，今早她下楼便是去找国徽的爸告辞的……我不死心地又问国徽："你知不知道她转哪儿去了？"

"不知道，她根本就没跟我说。如果你想知道，改天我见到她后帮你问一问？"这家伙也是聪明人，知道怎么做事。我对他说了几句感谢话便回到座位上。

掏出日记本，我伏案疾书，心痛得无法形容。

×××× 年 8 月 ×× 日　　　　星期六　　　　晴

你要走，这是我知道的；你走了，却出乎我的意料，我万没想到你去的是那么匆匆、那么急促，没来得及让我对你说声："再见！一路顺风。"我好沮丧，想到今早放学你去寝室又转回来找章老师我便感到不妙，我想等你出来，想问候你一下，可时间仓促没来得及。

吃过饭再进班时却发现你已走了。我的心猛的一凉，脸发青，泪水差点夺眶而出，我好痛苦、无奈和遗憾。呆呆地坐在座位上望着昨天曾嬉闹的地方，心中有无数伤感，感到如今是多么冷清。我强忍着伤心的泪水，心乱如麻，不能自已……

正写着日记，闫武英已神不知鬼不觉地站在了我的身后。他感慨道："世事无常，人生难料呀！早知现在，当初我就不该那么急着喊你吃饭了。"

"没什么，走就走了，省得我一心两用，不知如何抉择……"我自我安慰道。

"也是……不说这了，咱中午喝酒怎么样？"武英笑着问。

我眼睛一亮，应声道："好！只是地方……"

他连忙抢答道："地方不成问题，大不了我们去寝室喝。"

"行，就这么定了！"我用手一拍桌子狠狠地说，心里也正有股无名的怒火无处发泄呢。

课堂上，我没心思学习，时而望着章丽的空位发呆，时而偷眼观瞧右前方许晓丽的倩影。那弱柳扶风、婀娜多姿的身段，让我陷入深深的情网里不能自拔。对于许晓丽，我真的是心动了，尽管她不一定是全校最漂亮的女孩，但肯定是我们班最美丽的一朵花。想想多年以来，尽管自己喜欢过许多女孩，可却从没有与一个女孩恋爱过，这真是奇耻大辱呀！我发誓在二中这次一定要找到一个相互深爱着的女孩，不然也太窝囊了！我不允许自己的青春只是一片空白，或者只有一种色彩。

第三节课，英语老师迈着他那潇洒的步伐走进了教室。

他是位年轻的小伙，大约二十六七岁，姓孙，名傲然，家也是我们镇的。果然是名如其人，一瞧他那盛气凌人的样子就让人顿生怯意。

不过孙老师确实有才华，他爱高谈阔论，爱说古论今，他的口才绝对要胜于他的学识。从来不爱上英语课的我如今也开始上瘾了，当然，主要不是听他讲英语而是听他闲侃。

这不，他已扎好丁字步，准备开始演讲了。

"啊！……同学们，不是跟你们吹，我当年上学的时候比你们还贪玩、还调皮，可是我的成绩一直很好，即使犯什么错老师也拿我没办法，谁让俺的脑子太聪明了呢！"孙老师趾高气扬地谈着往昔的荣耀。

"所以，你们呀！一定要把成绩提上去，那样怎么玩也不会惹老师生气……不管其他科的老师怎么要求，我嘛！绝对给你们自由的空间。不过，我有一个小小的要求：只希望你们能认真听我讲课十五分钟，就只十五分钟，其余的时间让你们自由支配……"

"啪，啪，啪……"台下响起一阵掌声，后面我们几个"特殊公民"纷纷为孙老师的规定报以更热烈的掌声！

"果然没有看错，孙老师够哥们！"一旁的学友兴高采烈地吆喝着。

"是呀！如果每科的老师都能像孙兄一样体察'民情'、善解人意，那该多好啊！"后面有位仁兄插嘴道。

我也淡淡地发表评语："孙老师教学确实有方，但我认为他教育人更了不起！他的渊博让我们赞叹，但他的做法更让我们肃然起敬，以后我们向他学习的地方多得很呢。"

接着，孙老师给我们讲述了他求学时候的欢乐与苦痛，并对当今的男女关系发表了一大堆议论。提起早恋，他热情洋溢地说："说真的，我一点都不反对早恋，不过，如今的中学生品味也太差劲了，找的对象净是些'猪不吃南瓜'的样子，而且没有一点浪漫气息……我个人认为，恋爱是中学生成熟的进一步表现。如果不经过这一关，青春肯定要留有空白与遗憾！常言道：'人不风流枉少年！'只要不影响学习，爱怎么谈怎么谈。记住一点：要用好爱情的力量，正确对待自己的恋爱观！"

"爱情可以让英雄变成懦夫，也可以使懦夫变成英雄，如果你们能把感情的动力用在学习上，肯定将起到事倍功半的效果！"

好，讲得好！我在心里暗暗为孙老师喝彩。

听说他现在还没有女朋友，不知以后他会找什么样的女人。我寻思着，再想想自己的处境，心里一片黯然，不知不觉进入了梦境中。

在梦里，我梦见一位凌波仙子迈着轻盈的步子踏水而来。她红衣素裹，脖围黑色的纱巾，带着一脸恬静的笑意向我缓缓飘来。面对如此美丽的天使，我心跳得比秒针还快，好想勇敢地迎上去，牵她的手，然后一起飞翔于蔚蓝的天空，尽情地享受爱的甜蜜……

正做梦做得美时，"嗖"地一下飞来一截粉笔头打中我的前额，惊得我慌忙抬起头，见孙老师在台上笑眯眯地望着我。我不好意思地傻笑了一下，他也没有追究。

本来准备在中午喝酒的，又怕下午上课时酒气太浓，我们只好等晚上再说了。

夕阳西下的时候，我和闫武英忙着去买酒和花生米。晚自习没有老师，我们大胆地逃向寝室，坐在床头上喝酒。

其实，我这人不喜欢喝酒，只是爱凑热闹，爱这种跟朋友在一起玩的气氛。仅仅两杯下肚我就感觉到脸发热、头有些大了。不过，武英可以，他"咕噜、咕噜"就是几杯，依然神态自若。

不错，这小子能喝，今后得向他多多请教了，我心里酸酸地想着。

*06*

# 伤春悲秋

这周六还是不休息，我气得要命。不过，老班（即班主任）最后还是让学生回家去拿下一周的伙食费。不管怎样，终究可以回家看一看了，更重要的是终于可以去找章丽了。

学校离我们村很近，步行二十多分钟就到了。

路上，我与本村的学友边走边谈。

在二中上学的同村人虽多，但与我合得来的也就邵重、仲秋而已。邵重在三（一）班，他哥邵隆与我是儿时的好伙伴，而今已放学了。仲秋是个女孩，与我同龄。我们从小就常在一起玩，曾同班过几年，如今又是在一个班里。还有文艳也是我们村的，住的离我家比较近，不过她比我小好几岁，她姐文娅和我属于同龄人。

说真的，仲秋与我可以称得上是青梅竹马了。尽管她比我辈分大一些，可我们关系很好，从小一直形影不离。上小学三四年级时，我们还常在一起玩。想着想着，已走到村头的小桥上，我家就在桥北边堤岸下，奶奶和爷爷则就住在堤岸上。

远远地，我就看见爷爷在外面卖东西的身影。

走上河堤，我大声对爷爷喊："爷爷，我回来了！"

他回头一看是我，笑呵呵地说："孩子，放假了？"

"没有，吃过晚饭还要去……"我扫兴地接道。

"那行，赶快催你奶奶让她给你做饭！"爷爷慈祥地看着我。

这时，奶奶从屋里出来了，见我微笑着说："娃，今晚吃啥呀？"

我脱口而出："什么都行，只要好吃！"

二老一听都哈哈笑了起来。

看看天色还早，我骑上摩托车就走。爷爷瞧见了问我："娃，去哪儿呀？"

我边走边道："到我同学家一趟，很快就回来！"

"那好，记着早点回来吃晚饭，别耽搁了去上学……"

"知道了……"我顾不上再跟爷爷长说，"嗡"的一声骑着摩托一溜烟跑了。

十分钟左右，我就进入了策南村。

来到章小雨家，他这周正好也回来了。老朋友好久没见，彼此都十分想念，相互问候一番，我才问他关于章丽的事。

他思索半天，摇摇头说："没有这个人呀！或许自伟知道吧！回去后我问问他。"

"只好如此了！没啥，如果问不出也就算了。我只是有点不甘……"我愤懑地说。

"唉！老弟，你上中学几年，栽到俺村两棵'梨'树上了真是够呛。"章小雨风趣地笑道。

我长叹一声说："没法子，谁让俺真情难收呢！"

又闲聊了一会儿，我起身告辞。

回家时我特意绕路到柳村，为的是看看能不能碰上章丽。因为她曾对我说过她姥姥家是柳村的。无奈天不随人意，在那里转了几圈也没遇到她，我只好灰心泄气地打道回家。

吃过奶奶为我做的饭，我去北地爸爸的生意房里要了点钱，便让爷爷骑车送我去上学。

走到学校门口，我让爷爷小心点往回走，注意安全。爷爷夸我懂事多了，让我安心学习，别老是记挂家里。

晚上是化学辅导，我无心做题，只是痴痴地望着章丽的位置发呆。我好痛苦，从来没有拥有过的寂寞、孤独之感涌上心头，令我坐立不安。

望望窗外，是一片漆黑，偶尔有几个星星一眨一眨地闪着它那调皮的眼睛。

翻开摘抄本，我看到了一首精美的小诗《离去》：

你走了

走的是那样匆忙

没有留下感人的只字片言

也没有留下迷人的莞尔一笑


你走了

带走了我的心

我心中长出一束玫瑰

一束不败的玫瑰

是那样的素淡

是那样的清香

幽香四处飘

看着看着，我的心便飞到了九霄云外，飞到了我那梦想中的理想天堂：那里没有痛苦，只有欢乐；没有灾难，只有幸福；没有丑恶，只有善良；没有病魔，只有健康……我携着心上人的手，在花丛、草地人莺歌慢舞，尽情地欢跳欢唱……

一连几天，我的心都沉如死水。

难过得不行时我只有依靠文字来疏解郁闷。在日记里，我尽情地吐自己的苦水，一直吐到无情可抒，无字可写。

翻开当年的日记本，8月23日的日记我只写了两个字："无事！"

"无事！"我为自己的天才记述感到好笑。这正像一个学生在答题，考卷上问什么是报纸时他兴奋地把一张报纸的角撕掉，然后贴在该题的下面，上面得意地写道：这就是报纸！

我不是一个十分聪明的人，但也并不笨，如果用心学习是完全可以学好的，问题在于，我总是无心学业。在很多人眼里，我不算是个好学生，尽管成绩还说得过去，这一点我自己必须承认。但我也不是平庸的学生，这一点我更承认不讳。

一直以来，我总希望自己活得特殊、独特一些，我不甘做一个平凡庸俗或循规蹈矩的人。我清楚如果全心付出的话我是有希望考上大学的，可是我始终不忍把青春全部投入到学业上去。

8月底了，一、二年级的学生也都回校了，学校开始正式上课。我也想让一切从头开始……

听说今天就要排座位，我的心里有股说不出的紧张与兴奋，真希望班主任在排位时能把那个长得像吕媛的女孩许晓丽和我安排在一起。即使不是同桌，能是邻桌也行。

苍天啊！大地啊！如果你真能感知世间生灵的话，我祈求你就让我圆了这个梦好吗？我不奢望你能普度众生，也不奢望你能赐予我什么神奇的力量，我只求这次小小的排位能让我与意中人坐在一起。

预备铃响了，班主任闫老师笑眯眯地走进了教室。

他清了清嗓子，用婉约的声音对我们说："同学们！今天就正式开学了。在步入正规学习之路之前，一定要排位的。这个排位嘛，每年都是老样子，按个子高低坐。当然，我们也要尽可能照顾一下个别视力有问题的同学……大家同属一个家庭，我希望你们团结互助、相互照料，共同把学习搞上去！好啦！现在大家出去排队。"

这时，有几个视力弱的同学上前报了名。果然，在出去排队时老师把他们安排在了前面。

尽管我个儿不是太高，可我一出去还是往后面跑。因为徐晓丽这女孩个儿高，足有1.67米，略高我一头，肯定是要坐后面的。为了她，我也只有坐后面了。虽然我很想坐前面把学习搞好，但我更想坐后面把爱情搞成功。

我是个理智与情感皆强的人，思想斗争总是很激烈，可不管怎么斗争往往失败的都是理智，占上风的仍是情感。这种性情，决定我永远不可能是一个品学兼优的好学生。

男女生们哗啦啦地站了两排，我尽量往后面站。等站好后，老师开始叫名字进屋了。我偷眼观瞧男女的相应位置，发现晓丽与我错两个位置。这下可急坏了我，怎么办？自己个儿并不是太高，如果再往后面去成何体统？

这时候我往男生队伍后面一看，发现闫武英那家伙与许晓丽的位置比较近。我急忙冲过去对武英说："老弟，咱们俩应该坐一块的，不然说话可就没知音了。"

他一脸迷惑地说："那是，那是，兄弟们坐在一起可以有个照应。"

这时，前面的学生已进去了一大半，我可以明确地看出男女的比例与对应的人了，许晓丽的位置与我的正好对应着。我高兴得无以形容，觉得上天对我太好了！

终于叫到我的名字了，一切如我预料的那么顺利，我和晓丽果真坐到了一起，尽管只是邻桌，可我已经很满足了。

全班共排了七排，我和许晓丽就坐第五排的中间两个位置。她有个女伴，我却没有男伴，因为我们男生正好少了一位。班主任对我说："小子，你就自个儿坐吧！省的有了男伴你们俩一起合谋惹是生非。"

"好，好，好……"我嘴上连连称好，心里美得比吃了蜂蜜还要甜。

送走老班的身影，我转头对新邻桌的女孩说："嗨！我叫王名扬，请多多指教。敢问你的芳名？"尽管我心中早已探知她的姓名，可还得装模作样地问，以示友好。

她甜甜一笑："我姓许，大明星许晴的许，名叫晓丽，很高兴能认识你。"

我潇洒一挥手说："彼此，彼此，希望今后合作愉快！"

她再次对我露出一个迷人的微笑，如轻波微荡、如三月春风、如柔柳扶腰、如梦里落花……

刚坐在一起的几天我还比较老实，在许晓丽面前表现得规规矩矩、本本分分、文文气气的，可时间一长便不行了。首先是我的眼睛忍不住经常往右边偷瞧，瞧晓丽的玉脸及眼眸，然后是话变多了，有事没事便找借口跟她说话。

这也难怪，美女成天坐在身旁，任谁也不能心静如水。幸好我还是个比较内敛、有自制力的人，曾一直以定力高深、修为老道而著称，要不然春心早就蠢蠢欲动了。

纵使这样，我还是有种心神荡漾的冲动。这时如果再听费翔的《读你》，我保证能深得要领、体味出其中的奥妙与韵味。其实，看看我当时写的日记，就明白自己的内心是如何地波浪起伏、心猿意马了。

×××× 年 × 月 × 日　　　　星期一　　　　晴

烦躁的我坐在位子上，东张西望地瞧着，心里一阵阵苦恼和烦闷。我好想狂跑一阵，消除一下心中的矛盾。几日来的相处让我觉得她很温柔、很美丽，也很贤惠。我的心已充满了太多伤痕，不想再多添忧愁，也不愿再为感情而独自痛苦、自我折磨。可是，每当她不在教室时，我总感到一切都是空的，心情无比失落。一旦她走进教室，坐在我身边，我便觉得一切都是好的。心中充满了力量和干劲。每当去吃饭时，我的目光不由自主地便在茫茫人群中寻找她的背影，只要她在，我便一眼就能认出她，我便吃不下饭。

如果一次看不到她的身影，我便感到饭菜无味。每当星期六回家时，我便在大门口苦苦等待，等到她出来一起走，我才有心思去欣赏路边的风景。每当她在位子上休息时，我便禁不住去看她的乌黑发亮的秀发。这一切都是身不由己。我不想再度伤害别人，也不想再度使自己受伤。可是，却总无法忽视她。为什么，有些事情虽然理智上让我们明白它的结局是不好的，可偏偏总有种力量驱使着发展下去，固执地发展下去。而我们，也不得不充当一个演技极差的演员。

我想卸下妆退出这场戏，我想不再继续这个美丽的错误，我想努力去找回那个完整轻松的我，然而，我终是不能，不能……

听朋友说许晓丽以前曾谈过一个男朋友，个子很高，好像叫金什么的。对此我不以为然。我觉得像她这么漂亮的女孩，有过男朋友是很正常的，如果没有男朋友反而不正常了。

为什么这么想呢？

还不是因为一中时的吕媛，她尽管同样也很漂亮也很有魅力，可就是太冷了，从不搭理男生。所以在我眼里吕媛有点不正常。只要晓丽不是吕媛这种女孩，我就有希望追到她。因为吕媛那种冰山美人型的女孩实在是没法对付，她们软硬不吃，让人束手无策，只能望洋兴叹！

夏天还未到头，天气还是很热。一到中午，同学们没事干便埋头在桌上睡午觉。班主任也提倡劳逸结合，所以不反对我们午休。一到这个时候，就是我兴高采烈、一饱眼福的时候了。聪明的我假装也睡午觉，把头埋在桌上，眼却四处乱看，寻找自己的猎物。当然，最终目光还是大多停留在身边的美女许晓丽身上。

凝视着梦中的情人，看着她那安然入梦的睡态，我陷入了深深的意境中不能自拔。

有一次，可能是老天故意捉弄人吧。午休时我正看晓丽看得入神，谁知她突然醒了，眼皮一撩张开了双眼，吓得我赶紧把头扭了过去。可后来，我还是忍不住又把头转了回来。我觉得即使不能拥有许晓丽，只要能天天这么看到她，对我而言也是一种莫大的幸福。只是，人都太过贪心了，没有的总想有，得到的还盼望。

我是不满足仅仅与许晓丽坐在一起的幸福的，我要向更高的层次发展，我不能再一直无忧无虑地虚度过去了。人生苦短，如果不好好把握，到时只能留下无尽的后悔与遗憾。我不允许自己的青春在一片死海中泅渡过去，更不愿它始终是一片空白。在我心里，有种"爱江山更爱美人"的潜意识。当然，我不会像南唐后主那样昏庸软弱、无胆无识的，我更愿意像唐太宗一样雄韬武略，来个"江山美人两兼得"！

长久以来，我一直没有真正地谈过恋爱，尽管也曾喜欢过那么多女孩。我的感情太需要大补了，对于一个重情又多情的男孩来说，缺少异性的关心与慰藉是多么可怕的事呀！我不敢想象自己曾经的三四年时光是如何度过的……

晚上，我与闫武英谈了好久，谈关于许晓丽的事。我这人有个毛病，就是感情问题懂得不少，也帮助别人解决过不少难事，可就是一轮到自己便当局者迷。武英劝我要步步为营，不要急于求成，着急吃不了热米饭。这些道理我何尝不懂，虽然连连点头称是，但还是我行我素地照着自己的感情思路走了下去，我有种即使错了也不悔过的想法！

果真不悔过吗？

我不知道，只知道一切仿佛早已是命中注定，是你的就是你的，不是你的求也求不来。

*07*

# 长发飘飘

又是一个周日，这次还好放了一天假。

晚上在家睡得真香，一连做了几个梦，早上说什么也不愿意醒来。可梦是可遇不可求的，一旦睁开眼醒来，再想继续做同样的梦已是不可能了。我感到深深的遗憾，觉得自己没有好好记住梦中的情节，真是太可惜了。

刚懒洋洋地吃过早饭，朋友章自伟来找我玩。他说去镇里找海涛，让我一块去。我觉得与人家不太熟悉，便推辞说不用了，我在家等你们算了。

送走他，我又疲倦地躺在床上，随手拿起一本武侠书《梵钟血珠》，看得津津有味。尽管作者公孙梦不如"金、古、梁、温"四大宗师出名，可他写的还说得过去，比李凉写的诙谐小说强多了。

当然，在我心中，最喜欢的武侠大师还是古龙与温瑞安，至于金庸，谈不上喜欢也谈不上憎恶，感觉平平罢了。他的小说拍成的电视剧也看过几部，而小说却根本没有用心看过一本。

我讨厌那些自诩为侠义的正道人士，他们很多都是徒有虚名、徒有其表，根本不值得人们尊敬。而古龙与温瑞安笔下的人物，却不似金庸笔下的人物那样总是以大侠自居。亦正亦邪的人物尽管在金庸笔下也出现过，可他的那些人物说到底还是与那些所谓的正派人士是一个鼻孔出气的，如《射雕英雄传》中的黄药师。我喜欢古龙笔下的王怜花、荆无命、傅红雪，喜欢温瑞安笔下的李沉舟、白愁飞、方应看。在金庸所有的武侠书中，可能真正让我感觉不错的人物有慕容复、令狐冲、张无忌、韦小宝。其他那些我都不感冒，我觉得老金写的太历史化了，给人的感觉是假、大、空。

正当我看得入神、对这些大师们乱评一气的时候，自伟与海涛来了。

虽说与海涛不熟，可毕竟曾在同一所学校上过学，并且也称得上认识。所以我赶紧迎上去，向他问好。彼此相互客气几句，我把他们让进了屋。

本想让他们多坐会儿，可章自伟说他们要去西边的商庄买东西。既然如此，我也不便让他们多留，便一同陪他们去买。

今天的商庄会还可以，主要是因为学生大多都放假的缘故。我们三人在会上窜来窜去，他们俩是忙着买东西，而我是忙着巡视有没有美女。

说真的，这欣赏美眉如同欣赏风景一样，是认真不得的，能饱饱眼福已经不错了，其他不可强求过多。

整个一上午，我只见到了三个像样的女孩，认识的就一位，是我在一中上学时的同班同学。她叫桂云，人长得小鸟依人、弱柳扶风的，让人情不自禁地生出怜爱之意。

如果说我对她没有一丝好感的话，那肯定是假话，只是我一直不敢确定她在自己心中的位置，毕竟令我动心的女孩实在太多了，可悲的是几乎全是自己的一厢情愿。因为桂云的老家与我姥姥家是一个村的，所以母亲及小姨们都认识她。私下里，我曾不止一次在她们面前提起过这女孩，她们都说人长得还可以，就是个子有点矮，问我是不是对她有意思……害得我不敢正视这个问题。

为什么呢？

主要在于我多情的性格与自大的心理。我总以为自己是多么有才，多么与众不同，我以为这世上懂得情为何物的就我这一个"情圣"，我总觉得自己如果不找一个世上最称心如意的伴侣，娶哪个女孩为妻都有可能是一种损失或遗憾。在我的日记中，经常出现批评别人花心或风流的文字，可是我自己的内心世界又是何等的黑暗！此刻，我方体悟出常人所言的"圣人不死，大盗不止"是什么意思。

回去的路上，章自伟告诉了我一个惊人的消息。他说："嗨，兄弟，你知不知道章丽现在在一中上学呢？"心情正万般复杂的我，听到这句话后突然变得万分愤慨，当然愤慨中也略夹杂着欣喜与激动。尽管我口头上说"没什么，在就在呗"！可对这小妮子内心里真是又气又恨，气她为何不早点告诉我是去一中复读的，恨她当初的不辞而别……

走到村口，送走自伟他们，我心事重重地回了家。进了自己的小屋，我趴在桌子上写了两首诗，觉得稍微消了点火。

下午四点多，我和邵重一块去上学，走到河南沿时正巧遇到鹏程。

他没头没脑地告诉我："知道不？你送给汪莉日记本的事她妹子知道了！"

我心里一惊，但表面还是淡淡地说："是吗？管她呢！她知道了更好，省得以后碍手碍脚的。"

这已是去年一中毕业时的事了，她当然是有可能知道的，不过，我还是觉得有些奇怪，难道是汪莉自己告诉她妹妹的？

不想那么多了，反正这妮子对我太残酷太不近人情了，她已彻底伤透了我的心，我决定不再理她，最起码近期是不会再去招惹她的。


"上课了，别再睡觉了！"正当我梦游周公时，被许晓丽那清脆的声音唤醒了。我懒洋洋地直起身子，扭头对她抱怨道："人家刚小憩一会儿你就吵吵嚷嚷的，第一节不是数学课吗？有什么可听的？"

她脸一变，佯装怒道："胡说八道什么呢？数学课难道就不是课了吗？它也关系到你的升学大事呀！如果不学好，看你到时怎么办。再者说，你以为数学老师好欺负呀！别看人家又瘦又小，收拾你两三个还照样不成问题。"

一听这话，我扑哧笑出声来，风趣地说："是吗？你这么一说，我还真的对数学老师另眼相看了！你看他那麻秆身材，能收拾我两三个？"

"那是自然了。记得去年班里有个大个子男生爱捣乱，数学老师教训他，他不服气，还顶撞老师，最后被数学老师扁了一顿。下课后他服服帖帖地对他的哥们说：'老数人不大还真麻利，我还没明白怎么回事就已挨了几耳光！'从此，班里的男生上他的课时都老老实实地不敢乱捣鬼了。"许晓丽有鼻子有眼地认真对我讲道。

我一撇嘴说："他那是体罚学生，难道就没有人管他吗？"她一听笑了，淡淡地说："管他？人家是正当手段，谁叫你们不听话呢！再者说，他爸是学校的副校长，谁愿意去得罪他去？"

"噢……噢……"我装出一脸恍然大悟的样子，对她千恩万谢，"多谢你的提醒，小的永生不忘，今后有什么事，我赴汤蹈火万死不辞！"

45分钟过得真快，不知不觉下课了。数学老师这人还挺守时，一听见铃声急忙留下两道作业题，便夹着书走了。

对于做作业我十分在行，根本不用操什么心。到了中午，见谁先做完了拿过来一抄便万事大吉。尤其数学作业，我觉得更是没什么必要自己亲手去算，只要懂得公式懂得技巧与思路，何必非要再多做那一道？在这点上，我很赞赏人家爱因斯坦老先生，他老曾真诚地说过"凡是书本上有的知识都不去死记硬背"，因为人的大脑有限，要记那些书本上没有的东西才有用。

当然，不是每科的作业我都抄袭，因为至少还有语文的作业——写作文，我是说什么也不会去照抄的。像我这么有才华的人，怎甘埋没在众小之下！当看到有些同学扒着作文书东找西找时我心里一阵冷笑，觉得他们好蠢、好无聊！如果是在中考的时候，能把书上的文章凭印象默诵下来拿高分，这尚可值得借鉴与思量，而在平常就毫不掩饰地翻书抄袭那未免太露骨了，更重要的是太没意思了。抄这么"好"的东西给谁看？老师们又不是瞎子，能给你们当范文念？鬼才相信！

上午最后一节是语文课，我乖乖地直着身子在认真聆听老师的教诲，之所以这么做并非是出于我爱语文这科，而是因为班主任教这科的缘故。再怎么说，我也得给他点面子。

不过，我虽想尽力装出认真听讲的样子，可心与目光却没有一点认真的意图。不是在想如何接近许晓丽，便是不停地用眼角的余光来回瞟近在身边的她。我太迷恋她了，觉得二人的相识仿佛是上天注定的。尽管我对她是那么向往与羡慕，可在日记中我还是很冷静与自欺欺人地写道：

……我以为你只是个匆匆的过客，没想到却成了不朽的传奇。每次上课想不去看你，可眼睛却不听使唤地向你瞄去，忍不住地去思念你。朋友，你是否能允许我走进你的芳草地，共同搭起友情的桥梁？望着你无觉无表情的面孔，我真的好悲伤。

Girl，我对你的真情是绝无半点非分之想的，我只想与你成为谈心的朋友，共同度过初三生活。可是，话又怎么能轻易说出口，我怕再一次伤了别人或伤了自己。

真的对她没有半点非分之想？真的只想把她当朋友看待？

看着自己写过不久的日记我发出一阵长长的叹息！有人说日记是检验一个人心思与品质、思想与灵魂等等真实感受与意图的最佳窗口。以前还蛮相信的，可今天我却再也不信了，从自己的日记中我就发现完完全全的真实是不可能做到的，再袒露自己的心迹也有遗漏与逃避的地方。

后来看完徐志摩与林徽因的爱情图书《许我一个未来》后我就更加确信：不管是名人还是普通人的日记，都不可能是完全真实的，他们都有隐藏并删改自己真实感受的地方。就像《许我一个未来》一书，上面讲到胡适有天晚上写日记记述与志摩的交往，尽管当天心里是那么不满与生气，可一坐下来写日记，便强压着怒火平心静气地写了。在他的日记里，根本看不到与对方不愉快或生气的句子。

这也验证了我的一个观点：弄两个笔记本写日记还蛮对的，一个记录一天的琐碎事情，另一个记录自己的秘密与真实感受。

除了前段时间记录与章丽的交往时我用了两个笔记本外，这不，为了记下对许晓丽的感觉我又搞了两个版本：一本是平常的混杂日记，很普通的一个本子，在记录对其他事情感悟的同时也偶尔提到自己对许晓丽的情思与爱慕；另一个是精装的日记本，是专门用于记录自己对她的真挚感情与痴情举动的。不管我这人再贪玩再胡闹再不务正业，有一点好处与长处便是坚持写日记。

不管是记流水账，还是倾诉内心的苦闷与情愫，我每天都要写下一些或长或短的文字。我觉得时间可贵，往事如烟，走过了便永远回不了头。为了记住自己走过的路，为了记住自己年轻时的点点滴滴，我只有通过写日记来继续心中的梦。尽管我不可能成为名人或大作家，写的日记以后也不可能结集出版，但我还是很用心地写这些可能在别人看来很无聊的文字。

当然，除了坚持写日记外我还坚持写一些乱七八糟的诗词与心灵感悟。不管现今的教育再怎么百般不是与漏洞百出，至少通过学校教育让我认识了汉字并爱上了文学，这就是值得我感谢的地方。


中午正午休时，我被一场噩梦惊醒了，吓得出了一身冷汗，抬头观瞧，正与侧着身子睡觉的许晓丽打个面对面。

我静静地欣赏着这小妮子的面容，看她那沉静的睡姿，那么与众不同、千姿百媚，煞是好看。尤其她的长发，让人产生一种绮丽奇妙的幻想，仿佛如一帘黝黑的瀑布，在我眼前飘来飘去。

不知为何，我是那么喜欢长发与穿红衣的女孩。我总觉得女人就应该是长发飘飘、红裙飞舞！如果一个很漂亮的女子把她秀长的黑发剪断了，我觉得就像一件完美的艺术品被泼上了一层污水一样难看与心悸。我不喜欢短发的女孩，不论她们再漂亮，我会不由自主地把她们与假小子联系到一起。

我最讨厌的一种人便是那些男不男女不女的人，尽管我没有机会看到那些让人生厌的泰国人妖，可周围一旦出现娘娘腔的男生或短发西装的假小子，我便逃之夭夭。

用红花与绿叶来形容女人和男人是再恰当不过的，这或许是我总爱对穿红衣的女孩有好感的原因吧！尤其歌星张真的《红红好姑娘》问世后，我对红衣女孩的喜欢更加深了一步。

正胡思乱想看得入神时，许晓丽忽地醒了。她一睁眼吓得我慌作一团。急中生智，我忙向她询问："嗨，现在几点了？到不到上课的时间？"

她用细嫩的手拢了拢自己头上的乱发，用睡意蒙眬的双眼望着我说："谁知道！你没见我刚醒吗？真是的……自己不会看看几点了？"

我无奈地耸耸肩赔笑道："不好意思，我的手表忘了带了！"

她的右手突然伸了出来，我不明白怎么回事，愣愣地看着她。她扑哧地笑出声来："你这人真傻！不是想知道几点吗？怎么不看了呢？"

噢，原来如此，我还以为她干什么呢。

得到命令后，我谨慎地侧着身子探着头望了望她手腕上的表，那是一块闪着蓝光很精巧细致的电子表。目光当然不敢过多停留在她的手腕上，一晃而过的我赶紧对她示谢："看过了，再有10分钟就要预备铃了！下午第一节是什么课？"

"是化学课，听说要做实验，你准备好了吗？别让老师问住了你！"许晓丽深表关切地轻轻说。

"不用担心，做实验还不是小菜一碟！再者说，像我这么好的学生老师是不会叫的，实验应该留给那些中间来回晃悠、一瓶子不满半瓶子咣当的中等生去做。"我一副自鸣得意、高人一等的声调对她说出狂妄的大话。这也难怪，我的化学在一中时就很好，来这复读又长一层见识，做实验还不是小事一桩。

08

# 梦中有你

"叮铃铃……"外面传来阵阵铃声。该上课了，我抖擞精神，从书堆里捞出了化学课本。这时，化学老师也迈着四平八稳的步子走进了教室。

顺便交代一句，化学老师姓许，名无言，虽长得人高马大的可就是不爱多说话，不过一旦说起来还是蛮幽默的。上他的课我比较老实，因为他和我老爸也是同学，关系还挺不错。他们村就在我们村北边，每周回家都要经过我家的生意房，老爸动不动碰到他就会问我在学校的表现，所以我说什么也不能犯在他手里。

"同学们，这堂课我们做化学实验。现在我给你们讲解实验的内容与步骤，等会再给你们示范一下，之后我找几个同学登台表演，看看学得怎样……"许老师大声地说着。

台下的我却没心情听他唠叨，翻看着自己昨天刚刚从古龙小说上摘抄的一段精妙文字：

雾花纷飞时本不该有雾，却偏偏有雾。

梦一样的雾。

人生本不该有梦，却偏偏有梦。

是雾一样的梦？还是梦一样的雾？

——如果说人生本就如雾如梦，这句话是太俗还是太真？

朋友是由两个月拼成的，这世上又怎么可能有两个月呢？世上不可能有两个月，也就是说这世上没有绝对的朋友。

是的，世上没有绝对的朋友，如今我不得不承认这个残酷的事实。

记得在一中上学时，一天晚上同床铺的学友小冲曾与我讨论起人与人之间的友谊来。他武断地下定论说："朋友是用来相互利用的，如果没有利益关系也就不存在朋友了。"

对他这话我是万分反对，我绝对不同意他的观点，我觉得朋友应该是相互信任、敬重、关心、帮助与同甘共苦的，应该是心与心的交流，而不是利益与利益的往来。可时光印证一切，世间的真挚友谊真的不似自己想象得那么简单与单纯，如今与自己还保持亲密关系的朋友还有几个？

后来在一部电影里听到"朋友是用来背叛的，兄弟是用来出卖的"这句话时，我心痛不已，心凉如冰。而今，再看到自己一直敬仰的大师古龙先生对朋友的定语我更加绝望了，难道这世上真的没有亲密无间的朋友？

我不相信，可又找不到合适的反驳理由与证据。人常说"临危识忠奸，患难见真情"，但自己从来就没有遇到过什么真正的灾难与困境，叫我如何去试探朋友们的真诚与实意？我为人处事的信条是：信人不疑，疑人不信。所以，凡是我不相信的人，我都不会去和他交朋友；反之，凡是与我成为朋友的人，我都不会再去怀疑他。当然，朋友若是背叛了我我绝对不会再原谅他，除非有特殊的原因。

"啊，名扬，你上来做做实验。"许老师的叫喊打断了我的思绪。我猛地一惊，还没明白过来是怎么回事呢。

旁边的许晓丽用手捣了捣我的胳膊，我慌乱地站起来走上了讲台。

凭着较强的记忆力我挖掘与回想着书本上实验的内容与步骤，可只能记得个大概。管他呢，边做边想吧！我立马恢复了以往的平静与豁然。前几个步骤马马虎虎还说得过去，后几个就露出马脚了，台下传来同学们的阵阵嘘叹声，许老师在一旁也眯着眼摇着头。干脆不丢人现眼了，我果断地退到一边，轻松地对许老师说："对不起，后边的几个步骤忘了怎么做了……"

他微笑地指着我："你呀！在下面也不知发什么愣，迷迷瞪瞪的，不好好听讲，别以为复读生就目空一切、骄傲自大，你需要学的还多着呢。好了，不说你了，这实验你还是另找一个人来替你做吧！"

望了望台下一张张变幻不定有喜有笑的面孔，我的视线从闫武英身上转到杨晓玲身上，最后定格到邻桌许晓丽身上。她也正在注视着我呢。

我咬了咬嘴唇，轻声地对许老师说道："那，那就叫我邻桌上来吧！"

他一听，抬头用手一指正在观望的许晓丽："啊，那个小妮子，你来替他做一做实验吧！"

顷刻，许晓丽就迈着悠扬的步伐走上了讲台，她接着把我刚才做的实验补充完整了。然后，人家潇潇洒洒、从从容容地回到了位上。我脸红地瞧了瞧一旁的许老师，他缓和地对我挥手道："你也下去吧！记住以后得好好听讲！"

我"嗯"了一声，苦笑着走了下去。

回到座位上，我自然得对许晓丽千恩万谢，说了一大堆好话。她只是平淡地笑了笑，没有什么特殊的反应。

晚上，我做了个梦，梦见了许晓丽，果真是日有所思夜有所梦啊！

第二天天还未亮，我就早早地起了床，匆匆洗把脸便去教室写日记，当然是写自己心灵的秘密日记。

打开精美的硬壳日记本，里面散发出淡淡的幽香气息。翻着这段时间记录的为数不多的感情日记，感动的泪花在眼圈里直打转。

不知为何，我总控制不住自己波涛起伏的情绪，总容易陷入自设的圈套与旋涡里不能自拔。爱幻想、爱做梦、爱憧憬未来的我，总觉得自己是这世间的唯一，如果没有了自己，这世界就失去了存在的意义。当然，我还不知道这是一种哲学理论，我只是觉得自己对这世界太重要了，日后定会出人头地、名扬天下。我活在自己的梦想里，我一次次地编织着自己所向往的童话爱情，却一次次换来刻骨的伤痛。我这人太容易多情与自我感动了，可心灵的承受能力却又极差。在我斯文平静的外表下，始终掩盖着一颗狂热、暴动、贪婪、欲望极强的心。

但愿这次对许晓丽的痴爱，不会是一场伤痛与过错，我暗暗地自言自语道。我太害怕受到感情的伤害了，只是，我们谁也不能左右自己的命运，更何况是别人的想法和意志。

提起笔，我凝神思索着，在粉红色的纸张上写下了《昨晚有你》：

昨晚梦中有你，昨晚不能忘记你；辗转反侧的我在甜甜地思念你，不能入眠。

望着窗外漆黑的长空，不知你现在是否还在安然入睡？我们在茫茫的人海中走到一起，这说明彼此有缘；我们在众多学子中坐到一块，这代表着天意。缘分和天意，注定我们相逢、相识、相聚，一定也注定我们相知。茫茫人海，知音难觅。女孩，你是否也有同样的感受？你是否能接受我这份最真诚的祝福？近期的短短相处、相谈，我发觉我们很合得来，我希望彼此能互相打开心扉，让友情之花在心灵上开放，让我们手牵手、心连心，共同创造人生的辉煌，共同走出十七岁的雨季……

写着写着我的心乱了，我不知自己说的是不是真心话。或许我只是想与她成为朋友之后再向更深的关系发展吧。我需要的不仅仅是她的友谊，更多的是她爱情雨露的滋润！

拿出张贤亮主编的青春丛书《早恋的感觉》，翻了翻里面的文章，犹如在翻阅自己的心事。尽管早已走过了年少懵懂的年龄，可我的初恋却迟迟还没有来临。虽然曾经狂热地喜欢过几个女孩，但那些全是单相思或一厢情愿的暗恋。情感的萌动与心灵的煎熬已令我苦不堪言，我不能再这么一个人寂寥地沉闷下去了。

不在沉默中爆发，就在沉默中死亡。既然如此，那我就只有勇敢地去面对生活的风风雨雨。

我是不甘失败的，自然更不甘选择死亡；我要爆发自己的青春活力，我要挥洒自己的年少激情。"人生得意须尽欢，莫使金樽空对月"。对，该出手时就出手，我不能让"莫待无花空折枝"的遗憾出现在自己身上！千百年前，人家诗人杜牧就在提醒后人，千万不要做那种"及时行乐乐已晚，对酒当歌歌不成"的傻事。

前车之鉴，我怎可再犯同样的错误？

我以为，只要真心地付出，就一定会有相应的回报……不管是不是这样，我都要像大诗人汪国真说得那样，"既然钟情于玫瑰，就勇敢地吐露真情"了。


早饭的时候，在食堂我与闫武英边吃边聊。"老弟，你说我该不该向她求爱呀？"一脸愁容的我向他求教。

"那得看对方的意思了：如果她对你也有好感或你能确定她也对你有意思的话你不妨试一下，反之你就得等一段时间，毕竟你们相处的日子还不是太长，即使能日久生情，也需要时间的磨合呀！"他一脸正经地劝慰我。

闫武英的话我能听出其轻重，只是我怕控制不住自己的情绪，怕内心的烈火越烧越旺最终淹没了理智。我很清楚自己的性情，是双重型性格的内向男孩，既十分理智又十分感情用事。

走两个极端的人，注定要不停地做思想斗争。我不是哲人，不能够超然。也不是傻子，更不能无视这种矛盾的存在。所以，思想的斗争无时无刻不在我的心中交织、纵横。每遇到一个理想或心仪的女孩，它都会在我脑海里斗个不停，持续好久。不过让人泄气的是，每次都是情感战胜了理智。

在教室里静静呆坐，我托腮帮子幻想怎么去接近许晓丽，怎么去感动她。对她的情况，我知道的还不是太多，只清楚她家是殷城的，生肖属狗，星座为金牛座。这些资料还是我在无意中翻看她的日记本时留意到的。当然，要想进一步了解她的详细情况，对我而言并不是什么难事，因为我们班许多学生都是殷城的。我姨奶家的孙子时维也是这村的，不过他家在殷南，许晓丽家可能是殷北的吧！

是该恋爱的时候了！正像伟大作家萧伯纳说的那样：

爱情是非常抽象的东西，是一种感觉，一种体悟，一种身心超越现实的纯美反应。这种感觉、体悟和反应精致敏锐，牵动着整个心灵和悲喜情绪，而且力量巨大，大到往往不是理智可以控制，或根本就无理智可讲的。

既然如此，我还担忧什么，还做什么思想斗争？见鬼去吧！那些自欺欺人的假崇高、假伪善、假纯情。


不想再谈及感情的我，为什么总是不能克制自己呢？

梁朝伟的情歌《你是如此难以忘记》，不知不觉又在我的心头响起：

早已知道爱情是难舍难离，早已知道爱一个人不该死心塌地，早已不再相信所谓天长地久的结局，所以我习惯了一个人的孤寂，所以我习惯在人来人去中保持清醒，所以我习惯戴上面具不再为谁付出真心。但为何还是把你藏在心里，为什么还是等着你的消息，我怎能告诉自己说我一点都不在意。你是如此难以忘记，浮浮沉沉在我心里，你的笑容你的一动一举都是我所有的记忆……

除了爱写些不像样的文字外，听歌大概要算是我的第二大爱好了。在我们班里，一下课便响起优美音乐或动听歌声的地方，非我的座位莫属了！所以，许多同学只要找人借磁带听，必定光顾我这不可。我的人缘在班中空前好起来，可能就在于他们大多数都有求于我的原因吧！

昨天与闫武英去镇上买了几盘磁带，今天刚听个开头，杨晓玲就笑嘻嘻地走了过来。她甜甜地叫道："借你的磁带听一听，好不好呀？"

我眼一翻，皮笑肉不笑地说："俺还没听完呢，你这小妮子就争着要听，这能说得过去吗？"

"哎呀！你不是买好几盘吗？让我先听一个，好吗？"她真诚地哀求着。

"那你怎么报答我呢？"我答非所问地笑道。她眨了眨眼睛，轻声地发出脆亮的声音："你说呢？大不了下次我请客，给你买雪糕吃……"

话到这种地步我也不好意思再多扯，便挑出一盘吴奇隆的专辑给了她。

青春是容易让人迷惘的季节，理想、爱情、人生、未来，多种渴求交织在一起，难免会让人有不知所措的感觉。曾经的我很幼稚，总以为自己可以过多种各样的生活、走多样的人生路，所以不安分的心一直在天马行空中度过。直到读到有位名家的话，"一个人只能选择一种生活，尽可能丰富的人生也只是一种人生"时我才幡然醒悟，才发觉自己走过了太多的错路。

人生，每时每刻都面临着选择，大大小小的选择构成了丰富多彩、五味俱全、变幻莫测的艰辛路途。在我看来，人生中最难的不是选择，而是难在选择之后不后悔。

我呢？

真是没法说，自己总爱在后悔中反思与懊恼，太过感情化的人注定在选择中容易犯错误。

学者周国平说："命运是不可改变，改变的只能是我们对命运的态度。"

是否也就是说，性情是不可能改变的，改变的顶多是我们对人生的适应与预防？

我不知道，感觉犹如生活在梦中一样！我想，今后如果我也搞写作的话，我一定要用"忆梦"这个笔名。之所以想这个笔名是缘于一首诗：

忆起旧情已成灰，

温馨旧夜亦难寻。

有谁知我此时情？

深情欲寄何处去？

落花流水春去也，

自古多情伤别离。

昔日之情未忘怀，

相思无尽情难移。

爱回忆加上爱做梦，不叫"忆梦"叫什么？

我苦苦地笑着，觉得自己不知究竟是生活在生活的梦中，还是生活在梦中的生活？

09

# 甜蜜季节

"哎，听说上课要背古文了，你读的怎么样了？"邻桌许晓丽拍着我的桌子问。

我愁眉不展地叹息道："还能怎么样，勉强能吞吞吐吐地背下来，只是怕一着急再给忘了……"

她笑了笑，很自信地扭过头去。

忐忑不安的我趴在位上如坐针毡，不停地把书翻来翻去，默诵来默诵去。

对于古文，我不是很感兴趣，尽管也很喜欢古诗词。可文言文读起来很拗口，再加上诸多通假字让人觉得不知所云，所以我很讨厌老师让我们背古文。可没办法，谁让我们是学生呢。

恍然间，班主任闫老师走了进来。他依然是那幅笑呵呵的样子，很容易让人联想到电视、电影上汉奸们的笑。当然，他的笑比汉奸们的笑仁慈多了。

如预料的一样，一上课就是检查古文背诵的情况。

闫老师"啪、啪、啪"连点了三个复读生站起来背，他们也不知是紧张还是本身就没背好，没有一个能完完整整把文言文背诵下来的。

班主任气得变了脸，他的笑已很难用文字来形容了，只是感觉很好笑。台下的我忍不住嘿嘿偷笑起来，心想：本以为那三个家伙比我学习好呢，谁知竟没一个能把此文完完整整背下来的。

正在我暗自得意与胡思乱想之时，邻桌许晓丽用胳膊肘直捣我的胳膊，我一惊，原来是班主任在喊我的名字。刚才只顾分心，连一点声音也没听见，慌乱的我赶紧站了起来。

"你来背背这篇文言文，我就不相信复读生里没有一个会背这篇文章的！"闫老师气愤地说着，并用期待的眼神看着我。

稳了稳情绪，我开始凭记忆背诵那篇让人头疼的古文。开始几段还可以的，我不停顿地一气背下来了，到了后两段就不行了，有好几个地方我停顿片刻才想起来。尤其到了最后两句时我怎么也记不完整了，生怕说错了让大家笑话。

班主任在讲台上踱来踱去，并微笑地望着我，我急得额头上冒了汗。这时，许晓丽悄悄把一张纸放在我的书桌上。机灵的我偷眼一看，原来正是此文的最后两句话，兴奋得我立马接了上去。

终于背完了，班主任笑了，我也笑了，许多同学也都笑了！自然，老班很高兴地表扬了我，这让我受宠若惊。因为自从转学来这之后，我还是第一次在班里受到班主任的表扬与好评。

下课后，我对许晓丽连连道谢，她平静地笑笑，依旧那么迷人。她的笑总让我不由自主地想起三月的春风，她的眼神总令我情不自禁地想起十月的秋水。我知道，自己是真的深深被她迷住了，简直是难以自拔。

中午吃过饭，当许晓丽向我借录音机听时，我毫不犹豫地递给了她，并主动带上了几盘好听的磁带。

我的这一举动让窗口坐着的杨晓玲看见了，气得她在远处直瞪我。

没办法，谁叫人家对我有恩呢，我不好意思地对她憨笑了几下。还是闫武英够哥们，他机灵地主动找杨晓玲搭话："哎，这道题是怎么做的呀？"

尽管杨晓玲知道这小子的意图，但也不好意思推却，只能耐着性子给他讲解。我趁机溜出了教室，回宿舍里美美地睡了一觉。当然还做一个甜甜的美梦，梦中有许晓丽的倩影在徘徊……

下午课外活动时，在操场上闫武英直笑我，我只能也跟着傻笑。

远处走来了亚威与亚朋。

碰头后，亚威笑着说："哥们，你们俩以后不如和我们合伙吃饭吧！那样既方便又省钱，怎么样？"

我笑着扭头问闫武英："嗨，听见没有，有好事上门了！你觉得怎么样？"

他一副事不关己、高高挂起的样子："你看着办吧！反正我无所谓，跟谁合伙不是合伙呀！"

"既然如此，那好，我们同意了！兄弟，什么时候开始呀？"我认真地问道。

"越快越好，不如今晚吃饭时我们就兵合一处吧！"亚威、亚朋一同表态说。

"好，就这么定……"我代表我方拍案决定了。

别过他们后，我和闫武英去楼上观美眉。

刚上楼梯，正与一女孩迎头。对方笑着问："你们没事了？"

我慌忙说："是呀！这不，转了一圈准备上楼回班嘛！"

擦肩过后，闫武英问我："这好像是咱班的女生，她是谁呀？"

我微微一笑："是咱班的，她叫华蓉，和我一个大队。"

"是吗？人长得还挺小巧玲珑的，你以后不如发展发展……"他打趣道。

"去你的吧！别胡说八道了！我比她大多了……"

"大几岁还不是正常现象，有什么可怕的？"

"不行，我对她没那意思，再者说，现在正追许晓丽呢，怎可三心二意……"

"说的也是，开个玩笑嘛！不用那么认真……"

"去你的，你看我跟你认真了吗？我也是跟你开玩笑的……"我边说边捶闫武英。

站在教学楼的二楼上望着下面来来往往的学生，我思绪万千。

青春年华如此短暂，而我却仍困在情感的旋涡里不能自拔。我在等待那个我爱的且爱着我的意中人出现，可两情相悦的天使却始终没有露面。现实往往就是这样：你爱的人她不爱你，爱你的人你又对她没感觉。当等到有感觉时，却已错过了相爱的季节……

我理不透这人间的情丝纠缠，未来究竟怎样谁也不能肯定！日子一天一天地就这么过去，而自己却无能为力，我忽然感到生命好脆弱、好无助。

正当我胡思乱想之际，闫武英忽然拍我的肩膀："老兄，你看这个女孩长得怎么样？"

回过神，我顺着他手指的方向一看，见一位身穿粉红色连衣裙的女生阔步在下面走过。

果然漂亮，凭第一印象我感觉得到。可走近一看我哑然失笑，原来是张清芳，本来还以为是哪位天仙美女呢。

我一乐，说："人长得蛮靓的，你想不想追她呀？我给你牵针引线。"

"怎么？你认识她？"闻听此言，闫武英猴急地催问。

"当然啦！我们是一个大队的，她就在三班。"我故作郑重地说。

喜出望外的他一把抓住我的手，"老兄，你就辛苦一趟帮我撮合一下吧？我好久没谈过恋爱了！"

看到这家伙如此认真我忍不住笑了，不想再捉弄他。于是，我若有所思地说："老弟，找女朋友可不能光看外表呀！如果你真想认识她，我建议你去问一问亚威，他们是一个村的，他最清楚她的情况了……"

"是吗？"闫武英用狐疑的眼光边应声边走进了教室。

我知道这小子肯定是去找亚威去了，望着他消失的背影我乐得肚子都有点疼了。

不一会儿他就怒气冲冲地回来了，走到我跟前气呼呼地说："你这个混蛋，竟然给俺介绍了一个'放浪之花'！真不够哥们！"

我乐着说："活该！谁让你这么色迷迷的呢！正因为我们是哥们，我才让你去找亚威问问情况，不然你可就惨了……"

彼此哈哈一笑我们便进了班。

在往位子上走的时候，我瞧见教室里北边一男一女在嘻嘻哈哈地说笑，本来还挺高兴的我一下子变得冷淡、懊恼起来。

闫武英仿佛看出了什么，试探地问："怎么了老兄？是不是吃人家的醋了？"

我强颜欢笑一脸落寞地说："吃什么醋呀？人家又不是俺女朋友，我凭什么呀……"

坐到位子上，望着右前方一男一女谈笑风生的样子我心里不是滋味。那个女的不是别人，正是班内比较美丽的女生之一的丹妮。而男的，却是外班英语老师的儿子章国徽。他们可能是在讨论一道题，也可能是在闲聊，但不管在说什么我都十分反感。

如果不是正在追许晓丽的话我非把丹妮弄到手不可，我不允许自己心里喜爱或欣赏的女人和别的男孩眉来眼去、打情骂俏。我知道自己有这样的想法是不对的，甚至有点变态，可我就是改不了。或许，每个人都有过相似的意识，都觉得自己仿佛是这世上唯一的好人，都觉得只有自己才是真心喜欢一个人的，美女应该和自己在一起。

人啊人，真搞不懂究竟是怎么回事。我长叹一声，不想那么多了，埋头看起了课本。

一旁的许晓丽笑着说："怎么？你也会认真学习呀？"

我一乐："这有什么稀奇的，我也想考上学呢，你以为我就会听歌、打架、捣乱……"

本想再多和她聊一会儿的，可这时班主任进来了。

我一瞧老班的神情就知道肯定没好事，要么是讲课要么是要抄题。

果不其然，他清清嗓子说："延生，你上来把这几道阅读题抄一下，大家下去后做一下，明天我检查……"

老班所叫的男孩延生是我们的班长，人长得虽不高却很壮实，是个有络腮胡的家伙。他家也是殷城的，听说他体育很棒，所以班内的男生一般不敢捣乱，也不敢惹他。延生是留级生，年年都当班长，原因可能正因为此。

对抄什么长篇大论的阅读题我是深恶痛绝，平常的小题还懒得写呢，更何况这些长题。我扭头对许晓丽说："文章我不抄了，你到时抄完后让我看看文章内容就行了！"

她一脸担忧地说："那能行吗？你不怕班主任检查？"我一脸豪气，打肿脸充胖子地说："没事，只要会做，抄不抄内容有什么关系……"

这一堂自习课我又是在自己的小世界里度过的，不是写日记便是苦思冥想地编诗词。我觉得文学对一个人的生活太重要了，失去了它活着便没有了意义。尽管起初喜欢文学是出于感情上的空虚与失落，可我发现自从接触文学后自己变得精神起来，虽然文字仍不能让我快乐，但至少它让我有勇气去面对人生的风风雨雨。


晚饭的时间到了，我和闫武英喊亚威、亚朋去吃饭。

下楼后，他们俩去三（一）班门口叫肖勇。我和闫武英则在一旁闲聊，边谈话边欣赏一班的美眉们。当然，我们瞅见了张清芳，她正在兴高采烈地与旁边的男生说笑呢。

"怎么样，老弟，对她还感不感兴趣了？"我向闫武英打趣道。

他一听乐了："尽管没有了当初的念头，可如果她真想让我泡她的话我也不介意……"

"哈哈！你这家伙想得挺美！不想让人家当你的女朋友却想和人家鬼混，

真是白日做梦呀！"

"那你呢？你难道就没有这么想过？你这人呀也够卑鄙的……"他竟也揭开了我的短。

我不想自讨没趣便不再接他的话，只是目光死死地盯着远处的张清芳，心想：如果我没有泡她的念头的话那我肯定不是正常男人，但是我绝对不会用任何下流的手段。或许，这就是好人与坏人的区别吧！

这时肖勇出来了，向我们打招呼："哥们！发什么愣呀！是不是瞅见我们班那个姑娘丢了魂？如果是，要不要老兄我为你们引荐引荐……"

我忙道："哪里呀！我们在这闲聊呢，既是我们有心也怕配不上你们班的美眉呀！"

亚威一旁插话道："是呀！三（一）班的美眉太牛了！咱们高攀不起呀！"

大伙一听都乐了。还是人家忠厚老实的亚朋比较正派，他傻笑道："大伙不要在这儿胡扯了，咱们还是吃饭要紧呀！至于小妞的事，晚上没事时咱们再坐到一块一起侃……"

"有道理，有道理……这回傻小子也变聪明了……"亚威迎合道。气得亚朋立即赏给了他一脚。就这么，我们边走边笑。当然，在路上我们没忘了欣赏过往的风景。

这一顿饭吃得真香，可能是头一次这么多的人在一块吃饭，心情比较高兴吧！我这人最爱凑热闹了，就像喝酒一样，尽管我怎么不会喝，可也爱邀请志同道合的朋友到一起小酌几杯。

吃过饭后该刷碗了，亚威提议道："咱们一人一天吧！亚朋，从今天起你第一个来……"闻听此言，一向比较木讷的小伙竟也有了脾气，亚朋气呼呼地说："为什么老是让我第一个来呀？说是轮着刷，可每次一到吃饭时你们碗一扔就跑了，真是太可恶了……"

我不想让他们因这点小事争吵起来，于是劝解道："好了，大家不要再争了。亚朋，你放心，这回我们来真格的，一天一轮，保准不会让你吃亏的……"

肖勇在一旁也笑着说："是呀！老弟尽管安心吧！咱这回是个大家庭，绝不会再没规没矩地乱来了……"

话说到这个份上亚朋也只好坦然接受了。我们大家伙给他助威，让他大胆地去水池台上接水。以往比较安分守己的忠厚人今天也来了血性胆气，冲上前，拨开人群，大摇大摆地接开了水，令一旁的我们刮目相看。原来这小伙儿竟也这么有种！

好，够英雄，没给我们丢脸！回教室的路上，我们是有说有笑，都在夸奖亚朋的胆识。这家伙可能是第一次受到表扬吧，心里美滋滋的，面上更是春风得意，忘记了自己是谁，竟也跟我们侃开了他小时候的英勇事迹。虽然他讲的那点小事丝毫都称不上英勇，可我们几个还是照样大肆地恭维他，说他有个性，是条好汉！

"人都是需要鼓励与赞赏的"，从亚朋的身上我真正体会到了这句话的可贵。今后，我要学着去理解每个人，并尽量去发掘他们的优点，好用赞美与他们进行沟通，成为朋友。不过，我这只是想想罢了，人的本性太复杂了，有时候即使你有善心也不一定会有善行的。生活在这个变化莫测的大世界里，相互理解是很难的，而理解后却又是很痛苦的事。不过，我会尽力去兑现自己的诺言。

晚自习上课好久了许晓丽还没进班，这令我心乱如麻、坐卧不安。悄悄问了旁边几个同学，他们都说不知道。

既然问不出头绪，我便也不再干着急了。静下心后，我找出了这小妮子的日记本，看看里面有没有什么苗头。不过这一看真是令人大失所望，里面除了记了点学习心得外就是几首老歌的歌词。不过翻到最后我看到这样一句话："缘靠天定，分靠人为。"

嗯，说得蛮不错的，这正与我的想法吻合！惊喜得我越瞧越心动，心想：不知我们俩的分能不能靠人为去完成呢？照平常的接触来看，她虽不喜欢我但也并不讨厌我，这不肯定的态度令人十分忧虑。本想再等一阵子，相信日久生情的我竟然鬼使神差地产生了个错误的念头：如果她对你有好感的话一开始就有，如果她对你没好感的话再培养也无济于事。既然如此，何不干脆早点跟她挑明算了，省得整天过得闷闷不乐的。

对，就这么办！在没有征得好友闫武英意见的情况下我就开始私自行动了，策划着怎么入手，怎么写信，怎么与其发展下去。

忽然一阵凉风吹过，令我不禁打了一个寒战。可想想我们的相遇，我们的相识，我们的相处，一切都是那么美好且富有浪漫色彩，我禁不住又又信心十足了。管他呢！是福不是祸，是祸躲不过。

花不堪折直须折，绝不能学先人再空折枝啦！主意打定，我甜蜜地笑了，晚上自然又做了一个好梦。可令人意想不到的是：人生往往并不按自己的剧本走，这或许就是好梦自古总易醒的原因吧。

## 10

# 欢乐时光

　　"最大的罪行，莫过于当别人将希望一次次托付于你时，你回报他的却是一次次的绝望。"不记得这句话是谁说的了，反正看后让我感动不已。我想：像许晓丽这么温柔、善良的女孩，是不会拒人于千里之外的吧！

　　谁知道呢！我冷冷地笑了，笑得那么勉强与无奈。

　　坐在位子上，我怎么也学不进去，这才发觉没有她的日子真是好寂寞好空虚好难熬啊！数学老师的课我一句也没顾上听，呆呆地坐在座位上直发愣，心里如打翻了五味瓶，什么感觉都有。

　　我又掏出了自己心爱的日记本，那是专门为记录与许晓丽的关系而买的。上面零零碎碎写了几篇日记，尽管文笔、语言是那么平白与稚嫩，可每读一遍仍令我心动不已。我想可能不是我爱上自己的文字，而是我爱上了自己的心情，说白了是爱上了自己的故事。

　　在我看来，只有自己对女孩才是真心实意的，别人的爱都有可能是假的。其他人的爱情都可能是一场游戏一场闹剧，只有自己的才是浪漫多彩的传奇童话。有这样想法的人可能不止我一个，每个人都有过这种似曾相识的感觉。就像在电影院里看电影一样，每个人都会不由自主地站在好人的这一边，每个人都觉得自己是天底下最善良最诚实最公正的人。

还是有位外国大文豪说得对："每个人都希望真理站在自己的这一边，却不是每个人都愿意真诚地站在真理的这一边。"

提起笔，我心中思潮翻滚。趁着灵感的突现，我在本子上写下了《没有你的时候》。接着，抒情的文字涂满了整张纸，净是些想你呀念你呀需要你呀之类的肉麻语句。

我想，有机会得让这小妮子瞧瞧我的日记，不然写这么多都白费了。

再掏出那本散文书《早恋的感觉》，看得我心神不宁，我决定等许晓丽来后便向她表白。我不忍再这么熬下去了，青春年华已所剩无几，重要的是初三关系着我的未来，我不能因为沉迷情海而自毁前程。我要早点解决好这件事，不论成败至少能做到问心无愧。

主意打定心里便轻松了许多。这时，我又想起了现在一中的章丽。一记起这死妮子我牙根恨得直痒痒，真想马上前去给她两个耳光。这周说啥也得去一趟一中，我对自己说，不为别的，只为了却曾经的心愿。

中午吃饭的时候，我把去一中找章丽的想法告诉了闫武英。他想想小声地对我说："不大好吧！你这么突然地去找人家很不方便的，不如先去送一封信，瞅瞅情况后再做决定……"

我频频地点头，跟他说："好，就这么定了！今晚我写好信，明天中午咱就去。"

"你不怕许晓丽知道？"闫武英调侃地笑着。

"怕什么呀！我俩八字还没一撇呢！人家要是不喜欢我，我何苦要自作多情呢？再说，男儿拈花惹草的不是很正常吗？"我嘿嘿笑道。

"喂，你们两个在嘀咕什么呀？还那么小声，神神秘秘的……"对面的亚威一脸不解地问。因为我们怕他们知道，所以说话的声音比较低。

"啊，没什么，这家伙想着去一中找个朋友，非让我跟他一起去……"闫武英机灵地答着。

"是不是女朋友呀?"肖勇插话道。"差一点……"我开玩笑地说。他们一听都不吃饭了,眼巴巴地瞅着我,可能是在等着我解释。

于是我只好接着说:"本来我是想追她的,可人家跑了,害得我的计划全盘落空。这不,明天我正要去打探打探,摸摸情况再说……"

"哦,我知道你说的是谁了!是不是章丽?"亚威这家伙兴高采烈地嚷嚷着。我苦笑一声:"不是她还能是谁?"

肖勇不明白谁是谁,问:"哪个章丽?"亚威就跟他讲了讲以往我和她的经过,亚朋这家伙在一边也不时插上几嘴,气得我真想上前揍他几下。

晚自习时,许晓丽还没有来。这人已一天不见踪影了,是不是生病了?可我没心思再想这些,只能专心地去想怎么给章丽写信。抛下了所有的作业与练习,我聚精会神地投入到写情书的战役中。写好信,我又专门制作了一张贺卡,上面写了几句饱含真情的祝福话。

第二天上午放学,我和闫武英一起去一中找晓亭,因为他们俩也同班过,比较熟悉。路上无话,三里左右的路程,我们二十多分钟便赶到了。

见到晓亭,我把东西交给了他,让他转给章丽。晓亭笑眯眯地对我说:"哥们!我劝你收一收心吧!章丽那妮不是个安分的人,听说如今和魏威好上了,你要当心啊!"

"放心,老兄,我不会陷进去的,今后请你多打听打听!"我胸有成竹地说。

"没关系,全包在我身上!"晓亭一拍胸脯说。我们又谈了一阵,看看表时间不早了,我和闫武英就走了,晓亭也回了班。

又一周过去了,天气渐渐有点凉了,我却还穿着夏天的衣服。我这人不怕冷,就是怕热。

眼前就要到国庆假期了,也不知我们学校放不放假。

周一早晨一进班，我就瞧见了许晓丽，她面如紫玉一样坐在位子上看书。走到近前，我很激动地对她说："嗨！你来了？上周你出什么事了？怎么不打个招呼便走了……"

她扬起修长的柳眉，露出难得的笑容说："不好意思！那天我病了，没顾上告诉你……"

"没什么，事情紧急嘛！"我接着说，"现在感觉怎么样，病好了吗？"

她淡淡地说："好得差不多了，比上周强多了，可能再有两三天便康复了。"

"祝你早日康复！"我微笑着坐了下来。她也客气了几句。我觉得这个时候正是我接近或帮助她的时候，我不能再一拖再拖了，时不我待啊。

中午吃饭时，几个哥们问我钱还多不多，我一摸口袋也没剩多少了，便说："什么事？不行的话我下午再去借些。"

亚威笑笑说："大事！今天是亚朋这货的生日，我们想庆祝一下，可大家都几周没回家了，钱都花完了……"

一听是这事我立马笑道："放心吧！下午我一定借来钱，到时大伙好好庆祝一番……"

午饭后，我在班里等人，等自己比较熟悉的同学。后来，人陆陆续续来齐了，我问了几个关系比较好的朋友，他们都说好几周没回家了，钱不多了。

实在没法了，我走到杨晓玲跟前借钱，一般情况下我从不向女生借钱，总觉得不好意思，但这回实在没辙。这妮子这次还比较爽快，很顺利地借给了我十元钱，说再多没有了。我也知道是实情，怎好意思去难为人家。

回到位子上，我瞅了瞅旁边的许晓丽，见她正在补写作业。本想向她借钱的，可我就是没勇气开口，觉得好别扭、好不自在。谁知她竟然发觉出什么情况，转脸对我轻声问道："你是不是要借钱呀？"

没办法，我只好如实地说："是呀！哥们过生日，我们都好几周没回家了，钱不够……"她嫣然一笑说："我借给你，要多少？"

"你有钱吗？"我惊诧地问。

她哈哈笑道："你怎么这么傻？难道你忘了我刚从家来吗？"

"噢！对，对，对……"我装出恍然大悟的样子，其实自己是假装糊涂。

我借了许晓丽二十元，再加上杨晓玲与自己的，有四五十元，也差不多够了。因为学校太过偏僻，附近连个卖蛋糕的地方都没有，无奈之下，我和闫武英去代销点买了一大袋面包，就算是生日蛋糕吧！酒、烟与糖块更是少不了的，但我们也不想太张扬，只是在圈子内过，所以买的不太多，够我们几个用就行。

买齐后，我们把东西先放进了寝室，省得放进班里出事。晚饭时，我们去教师食堂打了两个小菜，便回寝室庆祝起来。尽管我不喜欢喝酒，但喜欢这种热闹与开心的场面，所以还是忍不住少喝了几杯。

不过，烟这种东西我是说啥也不会吸的，主要是因为我曾在一篇文章上得知：每吸一根烟要少活0.07秒。不管是不是真的，但吸烟有害这是千真万确的事情，所以我从不吸烟。当然，之前不算，因为小时候我确实也吸过二毛钱一包的雪茄烟与松烟，虽然味道有点苦，不过挺好玩的。

晚自习一进班，许晓丽就皱着眉头对我说："你喝酒了？"

我脸一红笑道："是呀！不过很少，你知道，我这人最不喜欢吸烟与喝酒了……"说着，我把剩下的糖分给了她一些，算是堵住她的嘴吧！

当然，我没有忘记分给杨晓玲一些，毕竟人家也帮了我们的忙。

又该写日记了，我心乱如麻，怎么写呢？稍微平静一下情绪，我忽然闻见身边有一股淡淡的香味。扭头一看，我终于发觉原来是许晓丽身上散发出的香水气息。

当然，班内不只她一人喷过香水，不过其他女生的香味我总觉得刺鼻，不好闻，可她身上的香水味却十分清香淡雅，有一种静心宁神的效果。

灵感一动，我在本子上写下了《不同的味》的标题。然后，我以昂扬的激情与强烈的爱慕之意写下了缠绵如水的文字。一开头，我就赞不绝口地说：

你似涓涓的流水，不同于长江大河的浪花。你如悄然飘落的枫叶，不同于万紫千红的鲜花。你像大自然的一朵野菊，味道不同于那些娇艳、刺鼻、呛人的名花……

全文虽短，却写得相当漂亮与得体，真属短小精悍之美文呀！反复观赏着自己的妙手偶得，我甜甜地笑了，相信许晓丽看后一定会感动的。

熄灯铃声响了，我却躺在床上睡不着觉，仍在胡思乱想。我觉得经过这一段的努力与培养，自己与许晓丽的关系应该算是可以了，是不是到了该出手的时候了？本想征求一下闫武英的意见，可我觉得这种事还是自己做决定比较恰当，省得之后埋怨人家或后悔。

人生时时刻刻都在面临着选择，前面路虽多，但适合自己的却很少，我们谁也不知道哪条才是对的，唯有试一试才行。可这一试就不能再回头了。


上午刚放学，外面有位同学叫我的名字，说是楼下有人找。我出去一看原来是晓亭来了，这家伙摸得还挺准的，竟然找到了我们班的位置。我喊住闫武英一块下了楼，见到晓亭大家有说有笑，显得格外亲热。

他唉声叹气地劝我："哥们！别再追章丽这妮子了，还是算了吧！"

我问原因，他苦笑道："你不知道，这妮子放得太开，我把信给她后，她拿着你的信到处乱传，搞得满校风雨……"

闻听此言我的心彻底凉了，装出一副无所谓的样子，频频地点头说"是"。

该是吃饭的时间了，我挽留晓亭让他和我们一块去吃饭，他硬是不肯，说还有事便匆匆地走了。我只好与闫武英去找那几个家伙一块吃饭。

中午写作业时我的钢笔没水了，于是向周围求救："诸位同学，谁有蓝墨水？请借用一点。"

坐在窗口的杨晓玲抬起了头，她笑眯眯地把墨水瓶递给了我。我深深地给她作了个揖，开玩笑地说："小生这厢有礼了，多谢娘子借我墨水一用……"

我的幽默不仅逗笑了杨晓玲，也逗乐了周围的同学。大家都笑得弯了腰，气氛一下活跃起来，都说笑起来，气得班长延生在位子上直跺脚。

　　做完作业后我闲得无事，就翻阅日记本后面的星座解析。一看自己是天蝎座，我是既喜又忧。上面"星座的话"写道："你热情而乐天，不喜欢欺骗、专心一致。神秘而热情，能积极抓住属于你的幸运。"这让我喜不自胜，可后面的解析却又令我心头一沉，"你人很安静、头脑好，对任何事都很热心，而且有耐性。慎重、沉默寡言、洞察力锐利，不会受任何阻碍所迷惑。你很专情，很会选择理想的伴侣。但善嫉妒，独占欲也强。"

　　我爱嫉妒吗？尽管我很想找出千百个理由来反驳，可内心却明白这是事实。不过，我还是自我安慰道：是人都会有嫉妒心理的，只不过强弱不同罢了。

　　拍了拍身旁的许晓丽，她问我什么事，我笑着说："哎，你的生日是啥时候呀？"

　　她一脸迷惑地问："干什么呀？"

　　我怕她误会，赶紧把日记本递给她说："你瞧，这是星座解析，我想看一看你的情况是什么……"

　　"噢，原来这样呀……"她甜甜地笑道，"我是金牛座的。"

　　这妮子真聪明，不告诉我她的生日，只告诉我她的星座，不简单。我暗叹道。目光转向金牛座一看，见上面写道："温和、顺从是你最明显的个性。你很勤奋，肯脚踏实地地努力，不过有点消极，虽然你不是很出色，但温柔而体贴的性格却吸引着人。面带微笑，女性化的你，使男孩子最倾心。"

　　"写得真对！太符合你的性格了！"我对一旁的许晓丽笑着说。

　　她笑着说："你还相信这个？"

　　我认真地说："这其实同算卦一样，信则有不信则无。若客观地评价，这上面说的也不无道理。"

　　"也许是吧！不过不能太相信上面的话了，不然会钻进死胡同的……"她若有所思地说。

我赔笑道："那是，那是，一切都应有个度，不能太过火的……"

又到了晚上，我用心叵测地写了封表白信，并在《早恋的感觉》上写了几句开场白，然后把信夹在书中。我觉得自己不能再沉默下去了，正像一篇作文《沉默不是永远的黄金》上所说："年轻的生命喧闹活泼，不能够沉默，浅薄的生命器小易盈，不能够沉默；沉默，如果不是羞怯和天生木讷的话，便是渗透人生之后的一种智慧，是历经风霜之后的一种成熟。"而我，年纪轻轻、涉世尚浅，不可能已达到后两种境界，所以，我不能再选择沉默了，我要选择轰轰烈烈地生，轰轰烈烈地死，轰轰烈烈地进攻。

"对，常言说进攻是最好的防守，我不能再错失良机了！不然会懊悔终生的……"我狠狠地狂吼道。抱着哲人所说的"宁愿强趁时机也不愿错失时机"的态度，我开始行动了，开始射出了自己的丘比特之箭。

放学的时候，我静静地等待着。没过多久，许晓丽与成前锦一块起身往外走了。

我立马冲出教室，紧紧地尾随其后，一直到楼道口时我扬声叫住了许晓丽。她回头见是我，笑着问："什么事呀？"

我支支吾吾地走近，把书交到她手里说："你回去后自己瞅瞅吧！"

然后我转身回了教室。那一刻，我显得有些紧张与慌乱，神情自是十分不自然。不过，幸好场面并不算太尴尬。

坐在教室里，我的心情格外激动不安与慌乱如麻。翻翻桌子上的课本，说什么也学不进去，我感觉除了爱情之外，一切对自己都是那么的无聊与没有意义。

这时，闫武英这货窜了过来，开口就审问道："小子，你刚才慌慌张张地干什么去了？"

我一拉他的衣服让他低下头，小声俯在他耳边说："别瞎嚷嚷，还能干什么呀！我是给许晓丽送信去了……"

闻听此话他一惊，一脸担忧地问："你怎么这么仓促呀？也不考虑考虑再做决定，要知道着急吃不了热米饭！"

我满脸无奈地说："我当然知道太急促了，不过没办法呀！我没耐性了，再沉默下去自己非变疯或变呆不可。与其这么干熬下去，还不如豁出去呢，反正早晚就是这么一道，长痛不如短痛。"

"也是这么个理儿，只能凭天由命了，看看这小妮子是啥心态吧。"闫武英有意宽慰我道。

事已至此，说再多也是白搭，于是我潇洒一笑说："管他呢！一切自有定数，让生命去等候吧。"

# 11

# 表白受挫

　　第二天再见到许晓丽时我感到十分别扭，有点不敢面对她的意思。虽然那本《早恋的感觉》已物归原主，可并没有什么回复，难道她对我没好感或是装糊涂不成？

　　一连几天都是这样，一点反应也没有。尽管我还是觉得不自然，可人家照样是神态自若，与我谈起话来面不改色。

　　望着许晓丽那水灵灵的眼睛，我的心犹如陷入了万丈迷雾之中，不知而今该如何收场。我很想问一问她，可总觉得不好意思，更没有这个胆量。沉默，沉默，就这么无声地沉默下去……我感到气氛有点令人难以忍耐，尽管她还与我说话，可显然与以往有很大的差别了，不再那么和谐友好了。

　　政治课上我犯了点错误，惹得全班同学哈哈大笑。面对此景我一笑了之，装出一副大无畏与满不在乎的样子，其实心里挺难受的。

　　而这时的许晓丽，也是忍不住地笑出了声，那笑或多或少有点不怀好意和幸灾乐祸的味道……

　　到了数学课上，测试的分数出来了，我的分数很不理想，说了几句"气死"的话。

一旁的她似笑非笑地说："气死了你也不去死呀！别在这里烦人……"

我闻听这话恼羞成怒，气急败坏地与之反唇相讥起来，吵了几句后我觉得没意思，便扬长而去。

经这一闹，再见许晓丽的面时我们彼此没有了从前的问候与嬉笑，继而代之的是沉默与尴尬。不过，没事时说话还是免不了的。

几天来，她在我面前总会不由自主提起"换位"或"调位"的事，每每这时，我心里一片矛盾与惶恐，是不是因为那封信让她有了这个打算？

谁知道呢。我好想亲口向她问清楚，只是没有这个勇气。

两天后，班主任让学生抬进了一张桌子。一看这阵势，我便预感到不妙！心情紧张地看了看身旁的许晓丽，忍不住开玩笑道："你不是想坐后面吗？这下可有桌子了！"

没料到往常和善的她竟没好气地说："要坐你自己去坐吧……"

听到她如此伤人的话令我十分难堪，脸色自是青一块紫一块的，甚是狼狈。

过了一会儿，预料的事情果然发生了。班主任走到我跟前，让我坐到后排去。虽说我内心是一千个不愿意，却是师命难违呀！强装出镇静、无所谓的模样，我潇洒地搬着东西挪到了后面。但无论我再怎么掩饰，也无法掩盖自己心中的痛苦与伤悲。

坐在新座位上我心如刀绞，有一种无法言说的痛与悲，有一种想哭的感觉。忍了再忍，我还是忍不住眼圈湿润了，泪水流进了嘴里，苦苦的，而心里更是成了一片汪洋大海。

整整一天半我没有笑过，也没有学习过，坐在位子上不是独自发呆便是写心灵感受。

闫武英苦口婆心地不停劝我，连亚威、亚朋这两个家伙也不住地安慰我，说什么天涯何处无芳草，何必为这一枝花伤心呢。话虽说得不错，可一时我仍难以自拔。我好想把自己这几天写的心灵文字给许晓丽看看，可却总是没有勇气。

一直到周末的晚上，我瞅准恰当的时机把自己的日记本交给了她。令人遗憾的是，她根本就没用心看，第二天又还给了我。

我彻底心凉了，为什么自己的真心却得不到相应的回报呢？为什么受伤的总是我？本以为自己会像书上说得那样"我不是因为你来到这个世界，却是因为你更加眷恋这个世界。如果能和你在一起，我会对这个世界满怀感激；如果不能和你在一起，我会默默地走开，却仍然不会失去对这个世界的爱……"可是，无论如何我都办不到，我觉得自己心里空空的，仿佛被什么吸走了灵魂与思想一样。

滴不尽相思泪抛红豆，开不完春柳春花满画楼。睡不稳纱窗风雨黄昏后，忘不了新愁与旧愁。咽不下玉粒金波噎满喉，照不尽菱花镜里形容瘦。展不开的眉头，捱不明的更漏。呀！恰似遮不住的青山隐隐，流不断的绿水悠悠。

读着曹雪芹的《红豆词》，感觉像是在读自己的心情，我知道自己不能再这样沉沦下去了，我要像徐志摩一样"得之我幸、失之我命"地潇洒与大度。无奈伤痛太深，多少次咬牙说要遗忘，换来的却是更加刻骨铭心的难忘。

一连数天，我和许晓丽都没再说过话，我狠心地对自己说：忘记吧！别再沉迷于那些不属于自己的情缘了！尽管目前我还不能走出情网，可我知道：时间是最好的疗伤药，不管你能不能忘记，时间会慢慢地让你淡忘掉一切，包括我们最为崇信的爱情。

有天晚上，我正在写诗，好久不曾搭理我的许晓丽忽然回过头问我有没有尺子。为了断掉念头，为了不留后路，我狠狠心假装没听见。谁知她竟恶狠狠地说："你耳朵聋了？"我仍不理会她。

放学后我用脚踢着走，不料正好踢到她的小腿，这下她可恼了，正想寻机会找我出气呢，而我正好不小心碰着了她，于是她便破口大骂了我一句。

当时班里还有许多学生，我的面子说什么也挂不住了，一气之下，便用衣服摔她，尽管没打着她，可她还是面色难堪地跑了出去。

之后，我们之间更是没有交集了，差不多到了互不理睬、互不交往的地步。不过，偶尔要是我借她的作业抄，她还是面无表情地扔给我。我知道：我们的距离越来越远，这也正是我所期望的结果，尽管初衷是不想的，谁让命运如此变幻无常呢？

　　国庆节到了，一切都没什么变化，学校照常上课。虽然我决定要忘记许晓丽，可上课时仍会不由自主地看前面的她。当然，不管我愿不愿意看她都坐在我的前面，这让我好生烦恼。

　　本来我想趁节日送点东西给许晓丽的，最起码得给她再写封信做一个了结。可那晚成前锦的一句"癞蛤蟆想吃天鹅肉"令我彻底死了心。尤其当我看到她又往北边换了两个位子以后我知道我们之间结束了，不可能再恢复到以前的融洽气氛了！

　　你给我一场戏，你看着我入迷，被你从心里剥落的感情痛得不知怎么舍去。不要这场记忆，不要问我结局，心底的酸楚和脸上的笑容早就合而为一。迟迟不能相信这感觉，像自己和自己分离，而信誓旦旦的爱情在哪里？我一言难尽，忍不住伤心，衡量不出爱或不爱之间的距离……

　　反复聆听着张宇的《一言难尽》，我感觉自己与许晓丽的无果之恋也是一言难尽啊！谁是谁非谁又能分清？或许我们谁也没有错，错的只是相逢的不是时候。

　　春梦随云散，飞花逐水流；寄言众儿女，何必苦烦忧？

　　我对自己也说："何苦要吊死在一棵树上呢？"狠了狠心，我又向后边换了换座位，不想坐得离许晓丽太近。

　　尽管上课时仍会忍不住偷偷看她，可我内心对她已充满了愤恨，我要学着用仇恨的方式来忘掉她，虽说这有违我的初衷与爱情的本质。

　　秋天是个令人伤感的季节，而此时我的心情更是如飘飘飞舞的落叶一样萧瑟与凄凉。曾经幻想着要与许晓丽好好地谈一场恋爱，好好地齐心协力共度初三这段美好时光。这种日子让我无比向往，做梦时还梦想着自己要像琼瑶写的《秋歌》一样那么浪漫：

> 还记得那个秋季
>
> 我们同游在一起
>
> 我拾了一把红叶
>
> 你采了一束芦荻
>
> 山风在树梢吹过
>
> 小草在款摆腰裹
>
> 我们相对注视
>
> 秋天在我们手里
>
> 你对我微微浅笑
>
> 我只是默默无语
>
> 你唱了一支秋歌
>
> 告诉我你的心迹
>
> 其实我早已知道
>
> 爱情不需要言语
>
> 我们相对注视
>
> 默契在我们眼底

无奈现实与梦想总有差距，爱情并不似自己想象得那么简单。人生不是小说，写错了可以重新再来，也不是电视剧，无法导演得那么完美。

来这里复读仅仅两三个月的时间，自己就经历了情感的两次折磨与打击，这让我心痛不已。我不知究竟有没有命运？如果有，是否早已是上天注定？还是要靠自己去打拼？

尼采说："上帝死了。"言外之意就是"我就是上帝"。或许每个人都是自己的上帝，即不能拯救别人只能拯救自己的上帝。本来我是不相信自救之说的，可众多的感情失落与心灵折磨已快让我失去了活下去的兴趣。我不明白自己为何会如此多情，总爱一厢情愿地去喜欢别人？或许我只是想通过纯真的恋情去拯救自己那颗千疮百孔、麻木不仁的心吧！

令人可悲的是，人海茫茫，知音难觅，天下虽大竟找不到知心的异性朋友。我一直不停地在内心对未来的伴侣说："我没有遇见过你，我没有遇见过你……"尽管我好想像哲人说得那样："假若我们的余生注定要在一起度过，那么就让它早点开始吧。"无奈我却不晓得"你"究竟是谁……

又是一个阳光灿烂的日子，我的心情依然灰暗，怎么也高兴不起来。

下午第二节下课，百无聊赖的我正在楼道上与闫武英闲聊，校外一个骑车的男孩在墙外边的小路上喊我及王云辉的名字。

我俩商量后一起出了校门，本来闫武英也想去的我没让他出去，因为这又不是打架，何必兴师动众的呢。

一见到我俩，那个男孩就热情喊道："云辉，不认识我了？"

云辉走近一看，拍肩笑道："我当是谁呢！原来是魏威老弟，哪阵风把你给吹来了呀？"

"呵，也没什么大事，我来只不过找名扬老兄谈一件私事，没别的事儿。"魏威笑道。

我站在一边寻思，这小子找我到底有什么鬼事？难道是为了章丽？对，肯定是！管他呢！公平竞争，大不了让给他。

果然不出我的所料，魏威来找我是为了章丽的事，但他没敢放肆，因为他听说过我的名号及出身。我也没给他难堪，只是说自己与章丽没什么，只是一般朋友关系。

接着，魏威这货跟我们瞎喷了半天才满意离去。从此，我再也没有去一中问过章丽的情况，因为我觉得已失去了意义。

回到班里，闫武英问我什么事。我一乐说："能有什么好事？还不是关于章丽的鸟事！"

"咋的，魏威那货要与你竞争？"闫武英也乐了。

我心情懊丧地说："那种人，现在送我我都不要，还与他争个什么！"

"哎，对了，许晓丽的事你怎么想的？"

一提起她我心里就难过，但是表面却强颜欢笑："还能怎么想呢，只好选择放弃了。天涯何处无芳草，咱们班又不是就她一个漂亮女孩，大丈夫何患无妻？"

"对，哥们说得好！我早就说了，让你放开些！她长得又不是多好……"

"不谈这些伤感的话题了，我们还是说点别的吧。"我有意逃避。

闫武英也挺聪明，立即与我侃开了武侠小说。这是我二人的共同爱好，尽管心里难过，可一谈起来我仍是兴致颇高。近来虽为感情的事折腾着，可仍没有忘记看小说。

有人说，看书是不能太用情的。而我看书却太过投入了，以致总把现实当成小说，把小说看成现实。我总有把人生活成一部小说的幻想，我觉得自己的这一生注定要与众不同。可究竟不同在什么地方，一时间又无法说清。

哲人说："知人者智，自知者明。"常言也说得好："人贵有自知之明。"曾以为自己如何了不起，今天方发觉我是多么地幼稚与愚笨，连一点自知之明都没有，更别说明智了。

明天会怎样？谁知道呢！我们每个人差不多都是在过着有今天没明天的生活，因为死亡往往是突如其来的，它不会事先通知你，我们谁也无法肯定自己会在哪一刻死去。

所以，每每一想到死我就感到人生很无趣，觉得再怎么轰轰烈烈终究也是一场空。做人好难啊，既不能活得太过深刻，又不能活得太过浅薄，这两种人都会对人生感到无聊，产生厌倦情绪。

## 12

# 风云岁月

在后排坐的日子里我养成了自由懒散的习性，因为天高皇帝远，没人管我们，自制力不强的人当然也就经不起其他差生的诱惑，开始过上胡混的生活了。

当时后排坐有杨飞、杨赞平、赵二能、王云辉、骆远超、王一蓬、王正阳，加上我共八位同学。杨飞、杨赞平、赵二能是一伙的，他们与前面的成前锦是结拜兄妹，据说还有外班的张百应、寇玉芝等人。王云辉与王一蓬是一个庄的，关系比较好，而正阳和我也是一个庄的，关系也说得过去。只有骆远超是孤家寡人，无依无靠的自己一人坐在临门口的位子上。

起初我与杨赞平同桌，后来因为一点小事我们俩闹翻了脸并撕起了胶，他仗着个子高没把我放在眼里，可没想到我竟学过武，结果连着被我摔倒了三次，才心服口服地说"不打了"。

那场比武是在一堂正课预备前发生的，所以引起了全班同学的注目，他们都被我的潇洒动作折服了，不过也有几个不屑一顾：认为我这是粗鲁、野蛮的行为。自这一战后我声名大振，班里很少有人再敢与我作对。同时我又换了座位，与王一蓬坐到一起。这家伙同我一样，竟然也偷偷喜欢许晓丽，不过他与我一样是个失败者，甚至连表白的勇气都没有。

坐在后面的几个男生差不多都是大个子，除了我与骆远超。不过，我一点也不怵，尤其经过与杨赞平那一战后我更是信心大增。

骆远超这家伙个子也不高，不过身手挺利索，据说曾参加过体育训练班。他对我好像总有点不服气，终于有一天我也教训了他一顿。

那天风有点大，后门关着，快上课时我照样想从后门进，这家伙竟然慢慢腾腾地不想给我开门，嘴里还啰唆地抱怨着什么。

一气之下我一脚把门给踹开了，进去呵斥了他两声。没想到他竟顶撞了我几句，我大怒，过去就给了他两拳，他也用手推了我一下，我飞起一脚踢中他的小腹，疼得他往后直退，口里还说着："咦，你竟然还用脚……"

弄得我又好气又好笑道："教训你还管得着用啥吗？老子爱怎么打怎么打……"

可能心虚吧，这家伙又忙给我赔起了笑脸，说了几句好话，这架也就不好意思再打下去了。让人想不到的是，没过多久这家伙照样还是被人痛揍了一顿。

说起来这也有我的份，最起码我参与了谋划。前面坐着的章国徽因为一点小事得罪了骆远超，被这家伙臭骂了一顿还挨了一脚。

章国徽心里气不过，去找亚威合计着怎么报复。亚威想了想："都是同班同学，如果我们出手，碍于面子不方便。我看不如找几个社会青年来修理他一顿！"

"那找谁呀？总不至于让我再去俺村叫几个人吧？"章国徽憨厚老实地说。

"当然不用啦！河北王不是有飞仔、黑勇、隆哥几个赖皮吗？让名扬回去打个招呼不就行了！"亚威嘿嘿一笑道。

课间休息时，这位品学兼优的好学生找到了我。说明来意后我犹豫了，尽管我与那几个赖皮是同村且关系还不错，不过我羞于同他们打交道，一般情况下从不主动找他们玩。可一瞧章国微那满脸期待的神情我心软了，于是应承了下来。

这位尖子生对我自是千恩万谢，非要请我吃饭不可。我乐了，"你用不着请我吃什么饭，钱要用到正事上，到那几位仁兄来后你请他们吧！毕竟咱们是同学，他们与你可不熟呢！"

"那是，那是……"章国徽满怀感激之情，一时不知道该如何表达自己的谢意了。

周三我中午抽空回了一趟家，一来拿些钱粮，二来为章国徽搬救兵。见到一个队的伙伴邵隆，我幽默地对他说："嘿，最近手痒不痒呀？"

他大嘴一咧道："真没劲！正想找人出口恶气呢！怎么？有人惹你了？"

我微微一笑，"小小二中还没有敢惹我的，不过，有人想求你们几位出手相援！到时少不了你们的好处。"

"谁呀？"邵隆干脆果断地问。

"你认识，章国徽，英语老师章君正的儿子。"

"是他呀！难怪会找我们帮忙，他那熊胆子自然不敢与人家打架的。想当年，他姐姐……"

"怎么，你也认识他姐？"

"咋地？我们是老同学，有啥疑问？"

"不是，我只是奇怪，因为亚威这货也总是在我面前提起章国徽他姐！"

"那当然了，他们俩曾经有过一腿呀！"邵隆哈哈大笑起来。

我不愿意多耽搁时间，向邵隆交代了几句，让他通知一下飞仔、黑勇等人。然后我就回了家。

奶奶一见我就唠叨个不停，不过是边说边忙着给我做饭。没见着爷爷，我心里有点空落落的。一问奶奶，才知爷爷去镇上进货了。

吃饭时爷爷回来了。他风尘仆仆的样子让我鼻子一酸，直想流眼泪。我立马上前帮他扶好车子，为他解货、搬东西。

爷爷尽管做的是小生意，可也挺忙活的，只要一缺东西他立马就骑自行车去进货。当然，每次进的东西都比较少，如老黄皮（即软包装的许昌香烟），一次顶多进一条。而同村的其他老人一般都没事儿可做，成天蹲在墙脚晒太阳或找人唠嗑，想花个零花钱还得向儿子们要。

这点上爷爷真是好样的，不仅从来不向爸爸要一分钱，还总是给爸爸的生意贴钱。虽说爸爸做五金生意很在行，可欠账这一块让他搭进去不少钱。而且生意好的时候会让人眼红，不是偷你便是算计你。

譬如春季播种时，爸爸进了一批播种机，卖得还可以。这下招人嫉妒了，同村有个赖皮绰号秃子竟然去我家偷了一台。后来爸爸查出来了十分生气，找他理论，他不仅不承认还破口大骂。因此，我们两家成了水火不容的仇人，听奶奶说村里开会时爸爸和秃子还干了一架。

我十分气愤，本想找人修理秃子一顿，可奶奶说什么也不让我管这事，说我年纪还小，要以学业为重……其实，爸爸根本不把秃子放在眼里，别看他整天耍流氓，真正打起架来根本不是爸爸的对手。但是，人家弟兄多啊！两个哥哥，还有一帮狐朋狗友。

在饭桌上，爷爷开心地对我说："娃呀！知不知道秃子被法办了？"

"什么？秃子被法办了？"我惊讶地追问，"什么时候呀？因为啥呢？"

一旁的奶奶接嘴道："还不是因为偷人家的东西，在洛南出了事，同伙把他给供了出来，他成了替罪羊……"我乐滋滋地笑了，"太好啦！恶有恶报呀！对了，奶奶，你知不知道这家伙被判什么刑呀？"

爷爷意味深长地说："如果不花钱肯定会被判处死刑，如果活动一下可能会是无期吧！"

"不管判什么刑，他都不会再危害社会了，也不会再欺负我们了……"奶奶唠叨着。

秃子出事让我明白了一个道理，坏人绝对没有好下场！"不是不报，时候未到"，这话肯定是真理。想想我们村两年前的另一个恶棍瘸子的下场，我更加认同这个观点了。

　　当时爷爷正在做磨面生意，因为一点小事他和爷爷呛了起来并动了手，气得爸爸都想拎刀把他给劈了。从此他和我们家就结了怨。没想到老天有眼，有一回他进城买东西，路经火车道时正巧被行驶过来的火车给撞死了！你说这是不是恶有恶报？

　　周末到了，我没有回家的意思，因为刚来没理由再往回跑了。

　　闫武英也不想回了，他让班主任的儿子闫耀明回家时给他捎来些钱。耀明这货尽管是老班的儿子，可与我们还挺谈得来，即使我们说了老班的坏话他也不会向他爸告状。至于亚威与亚朋，一放学就没见到他们的影子。

　　闫武英喊我去河堤上玩，我想也是，该去散散心了。看了一眼在前排正收拾东西的许晓丽，心里感觉好别扭，是什么让我们到了今天这么尴尬的境地？任我想破头也想不出个所以然来。

　　走到教室门口，遇见仲秋出来。她见面就打趣道："怎么？又不准备回家了？"

　　我微微一笑："你不知道吧，我周三刚回过家，再回就没意思了。这又不过大星期，我用不着回那么勤！"

　　"用不用给你捎什么东西？"擦肩而过的仲秋回头又追问道。

　　我扭头哈哈一笑："不用了，不过，如果你有什么好吃的尽管拿来好了！"她脸一红，嗔怪道："想得美！等下辈子吧！"

　　一边下楼一边对我调侃的闫武英坏笑道："哈，仲秋这小妮子是不是和你有一腿呀？不然怎么会这么关心你！"

　　我眉头一皱，"小子，这话可千万别胡说！我们是邻居，而且我叫她小姑呢……"

　　闫武英一摸鼻子乐了："叫姑有什么可怕的，人家杨过不是也喊小龙女姑姑吗？黄飞鸿更是了得，还管十三姨叫姨呢。但这又怎样，人家还不是照样相爱。"

"打住，打住！不要说这些不着边际的话了！还是谈一下实在的事吧！"已走到草坪的我对身边的哥们说。

"狗屁！你还有什么正事能跟我谈？除了小说就是小妮！"闫武英这家伙不怀好意地揭我的短。弄得我脸上红一阵青一阵的，最后，我气急败坏地给了他两脚，嘴里嘟囔着："真是狗嘴里吐不出象牙！胡说什么呢！"

他哈哈笑着说："狗嘴里当然吐不出象牙了！难道你狗嘴里能吐出象牙吗？"这下更让我恼火了！我们相互追打起来。

站在北风凛冽的河堤上，望着时而走过的学生我的心极为平静。父母辛辛苦苦地供我们上学，究竟为了什么、图个什么？还不是为了让我们走出这片黄土地！走出这个贫瘠的村落！当农民太辛苦了！不仅挣不了几个钱，还经常受别人的气。常言道：人善被人欺，马善被人骑。可是，如果不心存善良，又怎么能当一个好人呢？除了有权有势有钱外，我实在想不出别的法子可以让一个人既能心存善良又能不被外人欺负了。

"嗨，哥们，想什么呢？"正出神，我的思绪被闫武英打断了。"能想什么呀！我觉得上学好无趣，可不上学又感到好害怕。"

闫武英捅了一下我的肩道："装什么哲人？说话还卖弄什么关子？不上学有什么可怕的？"

我一指正在河里打鱼的渔夫，"你看，如果不上学，要么外出打工，要么在家捕鱼、种地。而这两样都不是我所向往的，你说这还不够让人害怕呀？"

他眼睛一瞪，愣了半晌才若有所悟地说："也是，不过我不在乎，人嘛，干什么都是活一辈子，只要自己快乐就行。"

我长吁一口气道："问题在于，我们如何才能快乐呢？"沉默，除了沉默，我们都不知道该谈些什么。

年少时，我曾经梦想着做一个文武双全的人，上学后，我曾经梦想着当一名疾恶如仇的警察，当然，我也曾梦想过做一名伟大的科学家，研究出一种长生不老的药，给爷爷、奶奶及世上所有一切善良的人吃……可是如今这些七彩斑斓的梦想全都破灭了，我真不知自己长大了该干什么。目前，除了清楚自己该考上大学外，我一点自己的想法与理想都没有了。至于文学，我始终都把它当成一种爱好，从没有把它当成一项终生不懈追求的事业，因为年少的我还不知道如何经营文学这项事业，还不知道怎么才能成为一个作家。

天色渐渐暗了，我们该打道回府了。

返回的路上，我向闫武英询问道："小子，你觉得咱们班还有谁值得一追呢？"

他用迷惑的眼神看了看我，摸不着头脑地说："咋的？想换一换航线？也知道许晓丽这妮子不好泡了？"

"当然了，总不能在一棵树上吊死吧！常言说得好'不能为了一棵树而放弃整片森林'！"我故作轻松、诙谐地笑着。

闫武英搓了搓双手，哈了几口气，故作老练地说："如果你想找个既聪慧又能逗人开心型的，那非杨晓玲莫属；如果你想找个既清纯又漂亮型的，那么华蓉这小姑娘还不错；如果你想找个既高傲又靓丽型的，那么前面的丹妮正合适；如果你想找个既温柔又重情型的，那么林雅倩这女孩还说得过去；如果你想……"

"好了好了，老实交代，这是不是你自己内心的真实想法？"我假装有点吃醋。

闫武英一听"哇"地大叫起来，"老兄，我这可是出于好心为你做参谋的，你可不能血口喷人！天地良心，我绝对是站在你的立场才做出这段分析的……"

我乐了，用手一推慌张的闫武英，"自己兄弟急个甚？就算是你的内心想法又怎么了？兄弟我难不成还会把那些小妮子全包揽了？总得给你老弟留个聊天儿的……"

"那是那是，老兄的盛情咱领了。不过，眼前我对咱班的女生都还不感兴趣……"

没等闫武英说完，我打趣道："老弟，你不会是性无能吧？对女生都不感兴趣的人还能对什么感兴趣呢？"

他急道："老兄，你可听好，我说的是对咱们班的女生不感兴趣，并不是说对所有的女生都不感兴趣！要知道，爱情是讲究感觉的，我只找自己对她有感觉的女孩……"

好，说得好，这正合我意。在爱情上，我也是那么在乎感觉，可感觉这东西，往往又不好把握。譬如你遇见一个漂亮的女孩，你能说对她没有一点感觉吗？如果有，那么你再见一个肯定还会有。如此下去，是不是对每一个女孩的感觉都是爱情呢？或许，相爱的人彼此间的感觉会更强烈一些吧！

回到学校，班内的同学已走得所剩无几。我们大该瞧了一下就转身而去。其他哥们都回家了，我和闫武英正好趁机去教师食堂美餐一顿。


晚自习的时候，除了看小说外我们无事可做。前几天，亚威他们村的伙伴小浩借给我一本《风铃中的刀声》，还没等我拿稳闫武英这家伙就把书给拽走了。

今晚，趁着没课正好可以看个过瘾。我用另一本刚看完的小说把《风铃中的刀声》换了回来，因为这部小说的作者是古龙，是我最喜欢的武侠小说大师之一。

而闫武英呢，却在瞧我刚给他的新小说《狞皇武霸》，作者是墨阳子，名气一般，不过写得也还算说得过去。

正当我们看得起劲儿时，有人忽地窜到桌前拍了一下我的肩膀，抬头一看是章国徽。他满脸堆笑的表情让人十分受用，"哥们，谢谢你！真的谢谢你！"

他的话让我有点摸不着头脑，禁不住问："老弟，啥事儿？谢我干吗？"

章国徽一愣："怎么？你这么快就忘了？你回家叫的兄弟已为我报过仇啦！"

"噢！"我终于回过神来了，原来是飞仔、邵隆他们来过了。我潇洒一笑，"没啥！都是哥们嘛！今后有事尽管找我。"自然，章国徽对我又是连连道谢。

　　第二天，见了亚威，我才清楚事情的经过。也就是在周六的下午，我和闫武英刚走一会儿，飞仔、邵隆、黑勇等就来了。他们先见过肖勇，然后由亚威领着他们找到章国徽，打过招呼之后他们就进了我们班。

　　当时，骆远超那货还没走，正在座位上收拾东西，飞仔他们一围拢过去他可能就意识到不妙了。刚想溜之大吉，飞仔抢先过去给了他一脚，嘴上并骂道："竟敢欺负我们兄弟，你是活得不耐烦了！"

　　挨了一腿后骆远超竟然想还手，一旁的黑勇立马过去赏给他一个耳光。同时，邵隆去门后拎了把铁锹奔了过去。

　　一见这阵势骆远超已吓得魂飞天外，赶紧夺门而逃。这回，他拿出了他体育赛跑的最高速度，一口气就跑到了校门外。

　　飞仔他们一看人跑了，自是也在后面追了一会儿，吓唬一下。不过，他们是没存心想修理骆远超，要不然怎容他就这么轻易地逃脱掉？

　　对于打架我并不是多喜欢，不过我却喜欢看黑社会方面的电影或者小说。当然，现实中我接触黑社会的录相比较多，比如周润发的《英雄本色》、张耀扬的《旺角风云》、刘青云的《三合会》、郑伊健的《少年激斗门》……至于小说，黑社会方面的不多，即使是美国最著名的黑社会名著《教父》我也没有接触过，原因是根本没有机会买到这书。

　　那时，我对于黑社会的认识与了解还处于萌芽状态，只听说过湖南有个"寒血党"十分猖狂，香港有个"十三K"，台湾有个"竹联帮"，而世界上最厉害的要数"黑手党"了。至于旧中国时期的黑道名人，即使像上海滩杜月笙那样厉害的角色我也不知道。第一次听说杜月笙的名字，还得感谢我们的英语老师孙傲然先生。

# 13

## 渴望真情

　　那是找人揍骆远超之后的又一个星期。有一天上午最后一节是英语课，孙老师依然用他最快的速度把主要内容讲了讲，而剩下的时间就由我们自己掌握了。

　　对于英语课我是深恶痛绝，怎么学也学不会，若不是孙傲然老师讲得精彩的话恐怕我连听都懒得听。让我自己去复习或者预习那简直更是不可能的事。因此，我照样在台下做自己的小动作。

　　镇二中那时还比较乱，打架斗殴之风仍很盛行。虽然我练过几下子可心里并不是一点也不怵。为了以防万一，我特意从家里带了把宝剑。尽管是健身的玩意儿，毕竟是铁家伙，磨亮后也挺唬人的。

　　闲着无事，我偷偷从桌子里掏出那家伙，用手边摸边欣赏，心里有种说不出的惬意。正当我陶醉在自己的武侠世界里时，孙老师的粉笔头砸了过来，吓我一跳。

　　他笑眯眯地踱着方步走了下来，边走边说，"小子，你在下面又搞什么小动作呢？"

一瞧是宝剑，他拿着便上了讲台，摇头叹息："哈哈，现在的学生真是没品位，还野蛮地拿这玩意？即使想当流氓，也应该有些档次呀！"

说着，孙傲然先生一指我，"嗨，小子，你听说过杜月笙没有？"

他的话让我摸不着头脑，只好摇头道，"没有！"

闻听此言，孙老师十分生气地训斥道："你们这些乌合之众呀，连旧中国的黑社会头子都不知道，还瞎掺和什么呀！停，停，停，大家都先听我给你们上一节教育课，不然呀，你们走上社会什么都不懂。希望台下的人，尤其是那些喜欢打打杀杀的男生们更要认真地听我的讲述……"

接着，他激情满怀地说："告诉你们，在二十世纪三十年代的中国，正是黑社会的鼎盛时期，当时国内最大的两个帮派，一个是洪门，另一个是青帮，全称是青洪帮。上海是旧中国的交际、政治、经济、文化等综合中心，因而这里龙蛇混杂、鱼目混珠，是全国黑道的老窝。而杜月笙，就是威震天下的青帮帮主，他同黄金荣、张啸林并称'上海三大亨'。当时，许多地方的黑帮都以杜月笙为荣，称什么'杭州杜月笙'，'香港杜月笙'，'重庆的杜月笙'等等。他的威望与名头，早已超越那时的黄金荣与张啸林，成了旧中国黑道第一人……"

这半节课我确实听得十分认真且津津有味，有种与孙老师相见恨晚的感觉。不，确切地说应该是有与杜月笙相识恨晚的感觉。

直到高中到了县城后，我才从书店里见到有关杜月笙这个人的传记与资料，并从吕良伟主演的《上海皇帝》里真正感知到杜月笙惊心动魄的传奇一生。当然，我其实早就接触过杜月笙这个人了，只是当时自己不知道罢了。因为电视上曾热播过一阵《再见黄浦滩》，讲述的就是杜月笙的黑帮故事。

不知为何，看杜月笙、黄金荣的传记及其他黑帮人物的书籍，让我从杜月笙的身上知道人性是复杂的，善恶很难定论，并没有太清楚的界线。正因为知道了杜月笙，才让我后来对马永贞、陈真等所谓称霸上海的"完美正义之士"的电影不屑一顾，总觉得太不真实了。即使被某些人拔高了的一代"暗杀大王"王亚樵，在我眼里也是同杜月笙无法相提并论的。或许除了中华第一保镖杜心武勉强能与杜月笙一争高下外，其他诸如什么广州教父金城、重庆教父范绍增、天津教父袁文会等等，在我的概念里都是走不出圈子的"地方人物"或"小人物"。

有时候我总是很迷惑，自己究竟是一个什么样的人呢？内心深处对死亡畏惧得要命，可又对暴力十分热衷，尤其是对黑帮，有着十分浓厚的兴趣。"像杜先生那样做人"，不仅仅是当时人的感受，即使是几十年后出生的我也有这种强烈的愿望和狂想。

有时候，我总恨自己生不逢时，为什么不处在乱世好当一回英雄！但又一想，幸好我没出生在乱世，不然以我这软骨头早就被人家干掉了！别说当英雄、做帮主了，恐怕连小命能活多久都不能保证。


在教室后面坐，我算是被老师打入了渣滓生的一族。尽管嘴上没这么说，可我知道很多人心里都是这么想的。不过，让我得意的是，每次月考时我的成绩总在中等靠上，除了英语无可救药外其他科目都还行。

为了忘记许晓丽，我只有寻找新的感情寄托。或许移情是应该的，这不至于让我吊死在一棵树上。

想想在镇一中时，尽管自己相思如麻却没有多大的痛苦，原因就在于我多处撒网的策略。为了避免把鸡蛋放在一个篮子里的全盘皆空，我唯有分散经营。不管这是不是爱情都没有什么可指责的，毕竟人活着不容易，何必那么较真呢？倘若人生的痛苦大于快乐，这绝对算不上幸福的一生。也许那时我的心思还算比较乐观、比较务实吧。

杨晓玲就坐在我的左前方，离我比较近，很自然她暂时成了我精神上的归宿。课间没事时，我就找她聊天，有什么困难就让她帮忙。每每这时她也挺热心的，只要是我的事她都一帮到底。

当然，她对我的好也换来了我对她的相应回报：只要是她吩咐的事我也是唯命是从。和她在一起，我感到从未有过的快乐与兴奋。她热情大方、善解人意又聪明能干，容貌还不错，思来想去我觉得她挺适合自己的。

不过时间一久，我又觉得我们之间是不可能恋爱的，因为彼此都太有思想了。试想，一个有思想的男人同一个深刻的女人搭配，那是多么危险？未来能保证幸福吗？

我不得而知，这冒险的事儿让我犹豫不决，一直没敢向她表明自己的心迹。但是，我对杨晓玲的关心是不言而喻的，她内心应该能多少感觉得出来。

那会儿我对文学的兴趣依然很浓厚，诗歌、散文还是常有新作出笼。虽说没有投过稿，没有发表过东西，可全班同学也都知道我爱写情诗，是个才子。在我前面坐的几位女生，她们差不多成了我的第一读者。尤其杨晓玲，她对我的诗歌十分欣赏，曾多次在我面前夸赞我的诗，说我将来前途不可限量，说不准还真能成为一个大诗人呢。

对于她的恭维我十分受用，人嘛，谁不喜欢被戴高帽，谁不喜欢顺耳的话呢？

常言说得好："十步有芳草，天下遍佳丽。"我数了数脚步，杨晓玲的座位离我的座位正好十步之遥。有时我偷偷琢磨，难道我们两个真的是前世有缘不成？难道她就是我所寻觅的芳草不成？可惜这想法只在脑海里昙花一现，就被后来的再次调位给打乱了。

彼时已经进入晚秋，天气越来越凉了。而我对许晓丽的思念与感觉也如这秋水一样冰凉，她伤我太深了，让我忍不住对她产生了恨意与报复心理。

不得不说，我的这种爱是危险之爱，是不健康不正确的爱。真正的爱应该是为对方着想的，应该是以对方的幸福为前提条件的，可在我们的国度里，爱往往成了自私的代名词。不论现实中还是小说电影里，到处都在宣扬忠贞不渝、爱到黄泉的故事，到处都充斥着死不放手的痴男怨女。其实那也不是什么真爱，而只不过是一己私欲罢了。

看《人鬼情未了》，给我印象最深的就是男主人公的爱绝对是自私之爱，根本不值得歌颂，可导演的思路与目的却正是在鼓吹那种"死了也不让所爱的人安静"的畸形之恋。

"我宁肯为我所爱的人的幸福而千百次地牺牲自己的幸福。"每读一次卢梭的名言我都羞愧得无地自容，我知道大多数国人根本做不到他说的这种境界。

也就是在班主任把我调到前几排的那天下午，同桌神神秘秘地对我说，"许晓丽那小妮子给咱俩回信了！"看着王一蓬不怀好意的笑，我悠悠地说，"怎么是给咱俩回的呀？"

他一乐说，难道你忘记了我也喜欢她？前几天，我也给她写了情书……

噢，我终于明白是怎么回事了。这小子，竟然也有胆量向许晓丽表白自己的心意。

要过纸条一看，见许晓丽在上面写了短短两句话："谢谢你们的爱意，我很抱歉，因为除了初二的那个男孩外，我对任何男生都不感兴趣！"

就这么寥寥数语竟然让我震撼不小，改变了我对她的深深成见与敌意。我私下里暗想：许晓丽不愧是个才貌双全的好女孩，绝对值得我的付出，感慨自己没有白浪费时间在她身上。

说实在的，我这一生最敬佩的人就是那些对爱情忠贞不渝的痴心人。当然，这种人与我所言的自私的家伙们不一样，自私之爱是强抓着不放，而许晓丽的爱是尽管我爱你可并不强求你也爱我！这种无私的爱才是世上最美好的爱恋。

书上说："如想使女孩子对你好，你要使她们看出你是个正直有为的好男孩，与其在她们面前献殷勤，不如拿出你的成绩，表现出你的风度，你用不着研究女孩子的心理。"

我想，我也该改变一下自己为人处世的态度了，不然，一味地游戏总让人心神不宁、意乱情迷。

正当我考虑环境或客观因素时，晚上班主任就把我调到了第三排。这让我有点莫名地窃喜，心想老班毕竟还是顾着老爸的情面，不得不对我格外关照啊。

在第三排的中间坐，与我同桌的是章国徽那小子，我曾帮过他的忙，因此他对我十分客气和敬重。而在我后排坐的女生，有一个还是跟我一个大队的，她就是华蓉。

本来我是有想同杨晓玲谈恋爱的念头的，可这猛然一调位打乱了我的原定计划与想法。一来离得太远了，二来彼此思想都太深刻了，三来她的名声不是太好，因为她被许多同学称之为"疯女"。考虑再三，我决定把目光转向华蓉，毕竟我们是同大队的，又离得这么近，真可谓是近水楼台先得月呀！

以我的聪明才智，看中某人时绝不会贸然行事的，特殊情况除外。我是个谨慎稳妥加小心的人，干什么事都瞻前顾后、拖拖拉拉的。

一开始，我并没有马上对华蓉展开攻势，说心里话对她也还没有那种感觉。只是在平常，我不断地借她的笔、尺子或橡皮，并没事时回头同她乱侃一气。久而久之，我的心开始有点乱了，忍不住有种蠢蠢欲动的异样感觉。或许真的是日久生情，成天和华蓉有说有笑的，这让我对她的好感自然是快速上升。以致后来的日子，不论是课上还是课下，我的目光都时不时地关注着她。

华蓉是个小巧玲珑的女孩，既长得好看学习又好，不过就是个子有点矮。尽管我清楚自己对她的感情，多半属于爱慕与喜欢之情，离爱还有一段距离。可感情如死火山一样，一旦爆发是难以自制的，想着哪怕只是同她度过初三这半年时光我已知足了。这想法虽然有些卑鄙与不负责任，可我真的无法压抑自己那迫切需要少女柔情滋润的干涸之心。

其实，内心深处我还是害怕步入情网的，害怕再度燃起相思之火。因为不论我是抱着永远或暂时的相爱态度，都不影响我对某人的真诚之爱。

确实像三毛说得那样："一刹那真情，你不能说那是假的；可爱情永恒，又岂止那一刹那。"

人啊！谁能没有些自私的念头呢？尽管我敬佩那种一生只爱一个人的忠贞不渝的痴爱，可现实里我却不会像他们一样去追寻这样的爱情。我总觉得，自己有才华，如果把一生就这么交付给一个女孩那也太冤枉、太不值了。再者说，一生只爱一个人的爱情，那大部分是自己心灵的至爱。而我，现在根本不清楚谁才是自己的梦中情人，你叫我去对谁付出一生的不变痴情呢？

或许恋爱就是为了寻找唯一而设立的，你不多接触几位异性怎么会知道对方好不好、适合不适合自己？又怎么会知道未来谁才是真正陪自己走完一生的伴侣呢？

我知道，说一千道一万，我都是在为自己的多情找借口。对华蓉的心思日益强烈，感情越压抑越爆发得厉害。渐渐地，我开始浮躁、多话、爱出风头起来了，主要为的是引起女孩子的注意。

当班长延生自习课上发号施令时，我故意抗命不听；当其他同学课堂上有说有笑时，我特意站出来充英雄不让他们乱喊；当大家都在认真复习时，我有意谈笑风生引起人们的侧目……以上种种，一些得到过华蓉的好评，一些惹得她生了气，可我毫不在乎。我就是要引起别人对我的注意，让别人怕我、羡慕我。也许只有这样，我才能让华蓉对我刮目相看。

# 14

# 鬼迷心窍

那会儿，流行歌曲在班里比较受欢迎。尤其是我，对听歌更是情有独钟，时常喜欢抄些歌词自娱自乐。或许我清楚表白心思最好的礼物就是情歌吧，所以我经常让后面的华蓉帮我抄歌词。

刚开始这小妮子还算可以，挺听我的话，让抄几首就抄几首。后来就不行了，总是推三阻四地说没时间，气得我不轻。

华蓉最后一次给我抄的歌是童安格的《伤心是一种说不出的痛》，我每看一遍她的字迹都能发呆好长时间，总喜欢哼着这首歌偷眼观瞧后排的华蓉。

其实，这小妮子在我们班根本不算最漂亮的一个，我也说不清自己对她究竟是什么感觉，不过爱慕思念之情却是千真万确存在的，对她的心也是真诚的。只可惜我们有缘无分，事情往往并不按我们设计的路线发展。

那时刚刚入冬，天气冷了很多。与华蓉在一块的日子也算不短了，可我始终不敢对她表露自己的真情。我总在想找一个恰当的时机，让一切顺其自然、水到渠成。

有一次课外活动，身后的华蓉拿着相册，让周围的同学看她的照片。图设计得很好看，一个红心圈着华蓉的脸蛋，好美、好可爱。我也凑过去观看，眼睛都看直了，看得有点爱不释手，后来很不情愿地把它又还给了人家。

晚自习课上，思来想去，我回头向华蓉索要一张玉照。谁知这小妮子竟然说没有了。她的话让我生疑，不死心地问她还有没有底片？更让我恼火的是，她冷漠地说底片也毁掉了。

若是我相信了她的话或许悲剧便不会发生，若是她说的是真话或许我也不会生气发怒，做出令人遗憾的事来。

一切仿佛是冥冥之中注定好的，无论是幸运还是厄运，我都得接受。面对上苍的恩赐，人们既无法讨价还价也不能抗拒逃避。

第二天中午，趁大多数同学都不在教室时，我悄悄地来到华蓉的桌前，翻找着她的相册。命运就是爱捉弄人，当我刚好找到她的照片并发现了相片底照时，还没来得及生气这小妮子竟然已神不知鬼不觉地站在了我身边。

那情景让我好尴尬好不自在，支支吾吾地我听不清楚自己说了句什么便灰溜溜地逃走了，下午一连几节课我都不敢正视华蓉的眼睛。

没老实几天，我就抵不住心中的激情与爱意了。无奈之下，我只有冒险给华蓉写了一封试探信。写情书对我来说简直是小菜一碟，手到擒来。只是当我把表白信交给这小妮子后她却一直没有反应，害得我几天都在担惊受怕。

一怒之下，心痛的我又写了一封，送出去后她仍是无动于衷。后来，还是哥们亚威够义气，他替我出一个主意，干脆把她约出来算了，省得麻烦。因为这小子以前跟华蓉同班过，关系还不错，于是约人的事我就拜托给他了。他自然说没问题，满口应承了下来。

两天后的一个晚上，放了学亚威悄悄把我喊出来说："今晚就约会，你赶紧准备一下，一会儿我再跟华蓉打个招呼。"

心情万分激动的我也不知该如何打扮了，胡乱捯饬了一下就匆匆地先下了楼在下面等候。

不大一会儿，华蓉身着紫色的外衣飘然而至。彼此客气了几句，我们就一前一后地出了学校大门。

这是我平生第一次同女孩约会，心里的激动之情无以形容，平时口若悬河的我，而今面对思念的心上人竟然有点不知所措了。

在冷冷的月光之下，我没头没脑地和华蓉聊着天。没扯太远，她很快就直接进入正题了。一切都在我的意料之中，这小妮子以过来人的身份跟我大谈早恋的危害，还说什么我们中学生不适合"交朋友"，她也不想动感情。最后并问我想不想考上大学？

弄得我六神无主地回答："想！"

这正中她的圈套，机灵的她顺势说道："既然你想考上学的话还是暂时不要和我'交朋友'的好，安心地学习吧……"

话已至此我还能说什么，强扭的瓜不甜，除了放弃外我别无选择。

只是鬼迷心窍的我一心想得到华蓉的那张照片，心想即使没有谈恋爱的希望也应该留一张她的玉照作为纪念。这想法一旦产生是很难再消除掉。心情的黯淡与失意，让我无法悬崖勒马，更无法做到回头是岸的豁达境界。

感情的失落令我的学习成绩一落千丈，终日沉迷于幻想、回忆当中不能自拔。要想挽救自我，必须得拥有华蓉的那张照片不可，我心里暗自想着，为此竟然生出了一个盗底片的可耻计划。

一个晚自习放学后，听说华蓉请假回家了我心里十分高兴，终于有机会偷她的底片了。等班内的人走得差不多时我又偷偷地返回教室，去她的位子上拿走了那张照片底片。我觉得，只要两三天便冲洗出来了，大不了再放回去，不会出什么大事的。

翌日清晨，顶着西风，冒着大雾，我骑车到镇上洗相片。到第一家照相馆门前时没有人，令我隐约感到有点不妙，无奈感情投入太深，便又到了另一家照相馆去洗相片。

老板说两天后来取。这让我稍微有些欣喜，终于有希望了。

谁知世事无常，两天后我前往照相馆取照片时老板竟然说漏洗了，让再多等一天。一听这话我的心猛地一颤，有种不祥的预感想不洗了。只是，我已经中了情蛊之毒，无法说服自己，心想反正已经等两天了再多等一天又何妨？

本以为华蓉不会那么早来学校，谁知偏偏在那天下午放学时她赶来了。当时我在教室窗外发现她在扒桌子时就觉察到不妙了，她一定是在找那张底片。

我在外面忐忑不安地读着书，心里七上八下不是滋味。正想给她解释时，这小妮子已然走了过来，厉声问我翻没翻她的抽屉。

闻听这话我尴尬极了，有种无地自容的感觉，吞吞吐吐地说"翻了"。

华蓉一听，气得把笔一扔哭着跑下了楼，剩下我一人站在那里直发呆，心里有股说不出的羞耻感，幸好班里人不是太多，要不然会更难堪。

晚上我一夜未眠，心里乱糟糟的，有种患得患失的恐慌感。

次日早自习，老班喊我到他办公室去。我立即知道出大事了，肯定是华蓉这小妮子告了我的状！

进去听训，果然不幸被自己言中了。班主任劈头盖脸地把我训斥了一顿，命我立即把东西取回来，不然卷铺盖走人。

突如其来的打击令我对华蓉恨之入骨。当天早上，冒着冷风，我再次逃学去镇上的那家照相馆。到了一问，照片竟然还没有洗出来。唉，我仰天一声长叹，既然天命如此我又奈何？连让我偷存一张相片的愿望也无法实现了。

返回学校后我找到亚威，托哥们把底片还给了华蓉。

后来，朋友无意间对我透露，这小妮子真是难琢磨，还她照片时说什么还以为你已洗出来了呢，若洗好的话可以每人分给我们一张。

我苦笑一声没有说话，心中却有股说不出的疼痛。

没在前排坐多久，我又自动地调回了后排位置，或许后三排的混乱世界才是最适合我这种人的地方吧。

同华蓉关系闹僵之后我在后排没心思学习了，整天想着曾经发生的事，觉得恍如一场幽梦，忽远又忽近。

同华蓉相识时，曾为她写过一日记本的心灵感悟，为了继续感动她，我托朋友亚朋把那宝贝本子放在了她的桌子里。怕有不愉快发生，我则请假回了家。

天气很冷，雾还蛮大，我独自走在蜿蜒崎岖的小路上，依依不舍地望着校园，心里不是滋味，幻想着华蓉看完日记后会发生什么变化。

两天后，怀着惴惴不安的心我回到了班里。亚朋一见面就摇头道："哥们，以后还是死了这条心吧，人家根本不把你当回事。"华蓉看了那本日记后竟哭着跑了出去……听后，我茫然失措起来，是失望还是心寒一时也说不清楚。

我知道，该是自己振作清醒的时候了，不表现好点，看来是无法赢得女孩欢心的。

天空下着雨，我从背后望着你，就这样走出我的生命。曾经的承诺，只像雨里的彩虹，我受伤的心真的好痛。为什么受伤的总是我？到底我是做错了什么……

一段时间内，我在课间反复听着林志颖的这首《为什么受伤的总是我》，在音乐中找到了同是天涯沦落人的感觉。

想想从来到镇二中起，先是章丽的不辞而别，后是许晓丽的无情冷漠，到此刻华蓉的误解伤害，一连串的打击令我痛不可言。我说不清自己的思绪，对爱情是那么渴望，对异性友谊也是那么迫切需要。

有时候我总在想，老天，哪怕初三生活不能让我拥有感情上的伴侣，让我拥有心灵上的知音也行啊！难道连这小小的渴求你也不让我得逞吗？

当然，如果只是为了寻找红颜知己的话应该不是太难，起码南边靠窗坐的杨晓玲就是一个最佳人选。也确实如此，在失意的一段日子里，我又同此女频频地联系起来。她分析我的感情、分析我的心灵、分析我的生活烦事，其精确程度令我瞠目结舌。倘若没有什么大的变化，我们这么闲聊下去或许真的会日久生情，起码会建立一段美好的友情。

古诗云："一朝春尽红颜老，属下甘作葬花人。"护花使者谁不想当？只可惜我却找不到自己情投意合的梦中人。

平静时分仔细想想，人啊，安安稳稳才是福，平平淡淡才是真，能觅到一个懂自己并相互敬重的女孩做女友就已是人间幸事了！没必要非得找什么世间的唯一、灵魂的至爱。

元旦来了，我的心情依然十分沉重，没有恋爱的人，找不到快乐的缘由。

朋友闫武英、亚朋等人纷纷忙着写贺卡准备送人，他们问我弄不弄？心烦意乱的我摇摇头说没兴趣，找不到送的对象。男生没必要送，而女生又不知该送给谁。

他们一乐，说我这人太呆板啦，脑瓜不灵活，趁此佳节，不正是向你心中所思之人献殷勤的大好时机吗？

独自静下心一想，也是，这让我心情豁然开朗起来。

买了四张贺卡，我精雕细刻地写了几句饱含真情的话，分别写上了杨晓玲、丹妮、林雅倩、章俊华的名字。

本来，我是也想送许晓丽一张的，毕竟曾经在一起坐过一段日子。可出人意料的是，元旦一到她就退学不上了，这令我有种莫名的失落与哀伤。至于那个刚刚同我闹僵的华蓉，心里对她的恨尚没消除呢，我自是没兴趣再送她贺卡。

对于自己所选择的四个女生，我是有一定的目的与意图的。杨晓玲是我最理想的红颜知己人选，肯定得送；而丹妮和林雅倩，一个气质好，一个长相好，正是我下步准备追求的对象；至于那个叫章俊华的女孩嘛，长得也算可以，同林雅倩坐一起，我们也谈得挺投机，因此非送不可。

收到我的贺卡，杨晓玲十分高兴，并不感到意外。林雅倩与章俊华吧，我们离得近，经常在一块聊天，她俩对我的祝福也不感到奇怪。唯独有好奇心的可能就是丹妮吧！她同我相隔那么远，平常也没多说过话，收到我的贺卡绝对是莫名诧异。

后来，从没有得到相应的回报上我就不难看出事情的蹊跷。那三个女孩子都很快地回送了我一张贺卡，只有丹妮这妮子对我不理不睬，令人大大地恼火。

私底下，我对闫武英发牢骚道："丹妮真够傲的呀！竟然如此摆架子，对我的问候不闻不问，真让我倒胃口！"

好友一乐，"没啥，漂亮女孩都这样，不会让男孩轻易追到手的，因为她们都懂得容易得到就容易失去的道理。"

仔细一想我觉得也是这么个理儿，心情才稍微好了一些。其实在前排坐着时我就时不时地留意着丹妮的举动，无奈当时一个劲地狂追华蓉，让我分不开心去眷顾她。而今，闲着也是闲着，刚从失意的阴影里走出来，不如趁热打铁再追一追丹妮算了，省得苦闷、省得无聊。

当我把自己的心思告诉闫武英时，他冷静地分析说："不妥，现在不是你进攻的时机，第一：你们没说过几句话，根本谈不上认识；第二：相距太远了，战争不易打响；第三：你刚从雨季里走出来，心情急需调整与修正。既然这妮子是你目前最后的赌注，你就该争取一炮打响，放长线钓大鱼，慢慢来……"

好友的一番话确实让我清醒了，感情用事是不行的，我实在应该休养生息一阵了。看来，对丹妮的狂热轰炸只能等来年再说啦！临近春节了，还是努力先把期末考试考好再言其他吧。


尽管我不喜欢死学，可临近考试时还是得背一些知识点，不然无法应付考试。幸好自己是复读生，什么公式、定理、概念型的内容我脑海里仍有一丝印象，因此记得比较轻松，不怎么费力。

当然，即使在这样的关键时刻，我仍没有放下自己手中的小说，抽空偷看得还挺起劲儿。古人在形容懒学生学习时用诗吟道："春天不是读书天，夏日炎炎最好眠，等到秋来冬又至，不如等待到来年。"这心态或许我多少也有点吧，毕竟英雄所见略同，自然坏学生所见也略同的。

之所以用坏学生不用差生，是因为我的学习并不差！在班内我的成绩绝对是前十多名的，不过就是喜欢打架、看小说、听音乐、扰乱班级秩序等恶习比较多罢了。

杨晓玲离我最近，读书时我总坐到她的身后同她聊天。这妮子可能对我有意思吧，总笑眯眯地瞅着我，让我心里发毛。

记得有次课外活动时，我刚进班她就笑着对我说："名扬，帮我买瓶蓝墨水？"

我的手一伸说："钱呢？"

她微微一笑："没钱了！"

闻听此言我苦笑一声，转身走到亚朋跟前要了一元钱，然后下楼去小卖铺。不大一会儿我就给她买了一瓶墨水。给她时她自是谢个不停。

望着杨晓玲一脸灿烂的笑容，我的心里一阵迷茫，不知自己该不该追求她。

正好那天晚上下起了大雨，亚朋那小子有伞，我过去抢了过来，气得他直嚷嚷。喊闫武英去宿舍睡觉，这家伙不去，说是小说还没看完。

一怒之下我谁也不等了，一个人冲出了教室。走到楼道时杨晓玲追了上来，她从身后把我的伞一把给拽走了。

我立即上前一手把她揽在了怀里，另一只手夺过了自己的伞。

她气呼呼地说："你这人呀，没一点儿男子汉风度，下这么大的雨，也不让给人家女孩子……"

我揽着她的腰不放，挑逗地说："要想打伞也行，你怎么报答我呀？"杨晓玲用手拧我的胳膊怒道："你这没良心的白眼狼，枉我平常对你那么好，你还给我讲条件。"

说着已走出了楼道。我撑开伞，罩着我们两个，一男一女就在风雨中同行，夜色下想想挺浪漫的。

到了男女宿舍月亮门旁，我用手摸了杨晓玲的胖脸一下，打趣道："娘子，我对你好不好？把伞让给你打！"

她嘴一撇道："这是应该的……"说着接过伞昂首挺胸而去，气得我在雨里大骂她小妖精。

冒着雨水冲进宿舍，还没上床室外又冲进一人来，是亚朋。见我他就穷嚷着："你这混蛋，拿着我的伞去充当好人，自己不打，反而让给小妞，真是重色轻友啊！"

　　我规劝说："小子你知道个啥？这叫感情投资，是为了长远的回报呀！对了，你告诉我你喜欢谁，我帮你出谋划策怎么样？算是对你的补偿。"

　　他大笑道："俺有目标，就是不告诉你，省得你瞎掺和！"

　　我开玩笑说："肯定是你这小子心虚，怕我和亚威把你女朋友给抢跑了！"

　　话音未落亚威正好进来，他接腔道："好呀，亚朋这傻小子也会谈恋爱啦！这世道真是变了啊！"

　　他们二人真像是仇人见面分外眼红，话不投机半句多，亚朋立马还击，同亚威争吵了起来。有这两位在场，什么地方都不会安静下来的，热闹的气氛自是不愁。

# 15

# 难说再见

有天晚上睡觉时亚威爬过来对我说："兄弟，这周回去跟飞仔、黑勇他们几个打下招呼，让他们下周六来一趟，收拾个人。"

我问："谁呀？"

他小声伏在我的耳边说："是一班的老冯，这货惹了肖勇的哥们二伟，勇哥让咱们活动一下，多叫些人，他也要再喊一帮……"

我乐道，"就一个人，用得着这么多兄弟来吗？"

亚威一眨眼说，"你不知道吧，这家伙有一帮子的，好几个呢，都拎着武器，不多叫些兄弟怕骇不住他们。"

我点点头说："没问题。"

到了周六，俺村的飞仔、邵隆等人早早地都赶来了。

站在楼上向外观望，我们一眼就能瞧见学校前面的大路上有三五成群的社会青年，有骑车来的，有骑摩托车来的，还有步行来的。

一放学，我们几个就假装若无其事地回家，走到校门口时见老冯的几个哥们都早早地骑车溜走了，他们被几十号人的阵势给吓跑了。

我心里暗叹道，看来这回够老冯受的了。

果不出我所料，等老冯同老乡大摇大摆地骑车出来时，外面的人都三五成群地散开了，生怕把这家伙给惊跑了。但老冯也够眼尖的，出来一瞧情况不妙，立即骑车同老乡往东逃窜。

后面的人一见，赶紧骑摩托车就追，不大会儿便撵上了。老冯把车让给老乡，撒腿往麦田里逃。有几个社会青年狂嚷着追了过去，尤其俺村的那几个货，飞一般地堵住了老冯的去路，有位上前一脚把其踹倒。十多号人一拥而上，噼里啪啦就是一顿痛揍。

闫武英和我都对这样的打架不感兴趣，一群人欺负一个人算什么本事？我们看了一会儿就大失所望地走开了。

在河堤上，我追上了回家的仲秋。她笑着问："你怎么回来这么晚？"

我感叹道："看打架去了，还有咱村的几个孩。"

仲秋对这些才不感兴趣呢，她只是好奇地说："有咱村的？谁呀？"

当我说出飞仔他们的名字时她摇头道："是这几个坏家伙呀！你可不要同他们纠缠在一块啊，对你的学习没好处。"

我满不在乎地说："没啥，他们也挺好的，与我学习有啥关系呢？"

就这样，我和仲秋边走边谈，她对我的许多做法都看不顺眼，而我自是无法同她沟通，干脆不和她争论了。


尽管天气十分冷了，可镇上的录像厅仍然生意兴隆。往常，我同闫武英经常去那里看电影，近来忙于学习没顾上去。

在期末考试的前两天，亚朋突然兴致勃勃地对我说："今晚咱去看录像吧！"

嘿，这次太阳真是从西边出来了，傻小子也爱赶时髦了。面对热情的他我不忍扫他的兴，再说我心里也正想去呢。于是二人一拍即合。

当晚，我们叫上亚威和自磊，四人一块步行去镇上看录像。本来我也想喊上闫武英的，可找这货找了一圈也没找到。

谁知我们几个刚进录像厅，他同章国徽都已经到了，在他们旁边，是一中的好友晓亭和红磊。都是自家兄弟，人多可热闹了。大伙在一块边看边侃，气氛好不活跃。

看完录像，在一中门口，我们同晓亭和红磊告别。回到宿舍时已经深夜一点多了，他们几个还要打会儿扑克，我有点困了不想再熬夜，于是倒下就睡了。

不一会儿我就开始断断续续地做梦，净是有关爱情与友情的。看来，此刻的我心灵太过孤单了，精神空虚得不行，急需异性友情的灌溉和爱情的滋润。明天会怎样我不知道，只希望我的感情早点找到理想的寄托或归宿。

考试一晃而过，又补了几天课，直到腊月二十六我们初三年级才放寒假。在临走的前一天，我无意中在从林雅倩那借来的杂志上读到一首情诗，写得真好，该诗的题目叫《昨日风景》：

我不知道

有多少星辰

醉心其间

挥一挥手

又怎能抹去

这不绝如梦的眷恋

哪怕前面的风景

更美更美

我都无法

轻抛离去

一展笑颜

尽管人生告别寻常事

真告别时

却又难说再见

如此美妙伤感的小诗，写得正符合我的心境。不过，转念一想我发懵了，这诗的意思用在我同许晓丽的身上适合呢还是用在我同华蓉的身上适合呢？至于章丽，那死妮子让我生气，不提也罢。

客观地讲，许晓丽已经退学了，或许正符合所谓的告别之语吧！如果有可能的话，我一定要想办法把此诗寄给她，算是对她的一种追忆与怀念。我不求她如何，只求她能记得我，哪怕像朋友一样记得我的名字都行。

可惜，我知道自己的这种想法只能是一厢情愿，别人不喜欢你，又怎么会在乎你呢？太多时候，在我思念人家最深之时对方其实早已不记得谁是王名扬了！

相识不是偶然，分离却是必然。难道所有同我认识的女孩，最终都要离我而去吗？年轻的我走在眼花缭乱的麦田里，不知该摘取哪颗麦穗，等到想决定时方发觉已走到了地头。也许所谓的爱情就是这样吧。总觉得眼前的不是最好的，总在等待着下一个，却不知哪个下一个方是自己最中意的人选。

春节放假在家我十分兴奋，因为终于有机会见到自己单恋已久的天使了。当然，这个心仪女孩不是别人，正是同我一个村的旭儿。或许正因为彼此同村的关系，才让我对她的深恋断断续续地坚持了这么多年。

在镇一中初三之时，尽管我曾给旭儿写过一封表白信，她也回了信，可至此后我们再也没有联络过，因此感情根本无法培养，这让我十分着急。而今，听说她已经毕业了，现在一家大型企业里工作，恐怕自己更是没有希望了。

试想想，我还要上三年高中，考上大学后还要几年，恐怕到时人家连孩子都有啦！这结局总令我心痛不已，一闭上眼就难受。

还有就是燕子，那个曾令我夜里失眠忍不住跑到她家偷听她心跳声音的女孩，也是同我一个村的。听说目前她正在省城上中专，恐怕也快毕业了，尽管她不是我理想的对象，不过如果她愿意嫁给我的话，我肯定百分之百地愿意。

本来挺高兴的，可一旦想起自己同旭儿及燕子的将来我就苦不堪言，顿生烦恼。无聊之下，我去找邻村的好友鹏程玩。

他一见面就取笑说："在学校怎么样？找到女朋友没有？"

我摇摇头叹道："没有呀，现在的女孩都精了，不好追了。再说，她们也都不如旭儿长得好看。"

"噢，你对旧情人还念念不忘呢？那何不干脆趁春节去她家找她聊聊呢？"好友劝我说。

我一脸愁容，"不行，平常我很少往她们家去，现在怎么好意思去呢？怕人家说闲话。"

鹏程一乐，"你真是憨，不会找个人一块去吗？只当找她哥玩的。"

别说，朋友的点子真不错，立马让我眉开眼笑了。又闲谈了会儿我起身告辞，在路上边走边思索怎么去找旭儿。

大年三十那晚，大伙都在熬岁。我去北地找到伙伴杰子，说去找旭儿的哥玩，他挺乐意，便陪我一块去。

来到旭儿家，我心里十分紧张，凭印象记得这是我第二次去她家，至于第一次是什么时候去的我记不起了。

这次还比较顺利，我终于见到了好久没见的心上人。旭儿一点都没变，仍然是那么美丽大方。看到她的笑容，我仿佛看到了春天的花，是那么迷人、那么灿烂。

无奈人多嘴杂，我虽然心里有万语千言却不能对心上人道出，不免感到莫名难过，恨上天为何要让我们降临在同一个村呢？不然我早就勇敢地进攻了，不管成功还是失败，都比这尴尬的局面强得多。

爱情究竟是什么东西？是默默的祝福，还是微微的欣喜？是淡淡的哀愁，还是轻轻的呼唤？我说不清楚，只觉得为了爱情自己什么事都敢做，都不怕，真可谓是上刀山、下火海也在所不惜！

关于少年的心，我觉得金马先生编著的一本书上说得很对，他在《红月亮》里写道：

童年，是梦中的真，是真中的梦。昨天，你还嬉戏在想象的世界，今天你却开始了少年的第一次沉思。青春越是美丽动人，内心越是不胜神秘。吉凶未卜的神秘，使人焦虑；幽径深邃的神秘使人萌生恐惧；浅薄油滑的神秘，使人顿生轻蔑；唯有掩藏不住真诚的神秘，才会使人类同世界慢慢接近你。

我想，自己对旭儿的暗恋之情就应该属于掩藏不住的真诚神秘吧！起码，目前村里除了我和旭儿外，还没有第三人知道我偷偷爱着本村的姑娘。

直到现在我仍弄不明白，为什么同村的男女就不能结婚呢？到底是哪个混蛋规定的呀？

私下里，我也曾问过奶奶，她也说不清楚，反正只是一个劲地交代：咱这小村一般是不允许同姓结婚的，那会让人耻笑的。

尽管我不死心可又有什么法子，不敢破传统之规。我对自己说，等着瞧吧，等我长大有本事了，一定要把这些封建的老思想全部破除掉，改日月换新天，让人们自由地生活、自由地恋爱。


春节过后我来到学校，班内再次调动座位，丹妮竟然被流放到了后三排，这让我大喜过望。正好亚朋和丹妮同村又是邻桌，为了接近目标，我特意把亚朋的同桌换走坐了过去。明着是同朋友聊天，实则是为了接近丹妮。

起初，亚朋这傻子不明白我的意图，还以为我真是找他玩呢，每天都同我侃个不停，令人烦得要死。后来他见我不怎么爱同他谈话，反而总是隔着他同那边的丹妮有说有笑，这发现终于让他有所顿悟了。有次晚餐时，亚朋指着我的鼻子对亚威、闫武英几个说："你们知不知道？这家伙够下流的，坐俺同桌位上不走，我原以为是找我玩呢，谁知是为了泡小妞呀！"

亚威一旁打趣道："我们早就知道了，就剩你这个傻瓜了……"话音未落，亚朋就气得捶开他了，他们俩呀，走到哪里都要吵个不休。

又过了一阵，我嫌隔着人同丹妮说话不方便，干脆把亚朋拽走了，让他坐我这边，自己好坐他的位子，正好挨着丹妮，多美啊！一开始，这小子还有些不情愿，后来我诈他："肯定是你这货看上自村的女孩了，若不然怎么不让我坐你那边？"这话一激还真管用，亚朋一听立马急了，边说"不是"边急忙同我换座位，我的目的轻而易举地就这么达到了。

当然，为了防止出现不必要的意外，我特意跟班主任打了招呼，理由是想向优秀的学生学学经验，这有利于自身的提高。

老班听后很高兴，他以为我"改邪归正"了呢，爽快地同意我坐丹妮那一边了。

虽然我和她只是邻桌，这已经足够了，毕竟如此近的距离干什么事都方便多了。常言说近水楼台先得月，我想自己的美丽爱情梦就要开始实现了。

以前的交谈没有白费，这次我坐到丹妮的身旁令她的笑意更浓了，没过几天我们俩就比较熟了。只要一有空，我们就面对面讨论个不停，不是说题就是争论其他事。这热烈的场面不仅让亚朋眼红，更令南边靠窗坐着的杨晓玲气得不行。

晚上睡觉时，闫武英也曾问过我，"老哥，你真的要追丹妮而放弃晓玲吗？"

我茫然地说："不知道，可能是吧！因为我对杨晓玲更多的是友情之感觉，而对丹妮更多的则是爱情之火花，她们两人是不一样的。"

想来想去，爱与喜欢本身就是不一样的，爱情同友情又怎能混为一谈？不过让人可悲的是，现实生活当中，我们往往很难分清什么是爱什么是喜欢，把握不准自己对某人的感情究竟是属于爱情还是友情。

有篇文章叫《珍重人生》，里面有段文字说得很对：

亲情是一种深度，友情是一种广度，而爱情则是一种纯度。

亲情是一种没有条件、不求回报的阳光沐浴；友情是一种浩荡宏大、可以随时安然栖息的理解堤岸；而爱情则是一种神秘无边、可以使歌至忘情泪至潇洒的心灵照耀。

人生一世，亲情、友情、爱情，三者缺一，已为遗憾；三者缺二，实为可怜；三者皆缺，活而如亡！体验了亲情的深度，领略了友情的广度，拥有了爱情的纯度，这样的人生才称得上是名副其实的人生。

## 16

## 爱就爱吧

为了也能过上这样名副其实的人生，我想自己一定要真真实实地恋爱一回，不然三四年的初中岁月就要虚度而过了。不管怎么说，丹妮这姑娘确实不错，尽管她不一定如晓玲善解人意，可她冰雪聪明、纯真温柔也是其他女生不能比的。心中虽然对杨晓玲也有些恋恋不舍，但我不能脚踩两只船，怕最后自己会蹬空掉进水里。

爱情其实就是一小段路程，走完了也就结束了。唯有相互欣赏的伴侣才能延长爱情的期限，因为他们之间有种张弛力，每每快到一起时便会自动弹开，然后再继续慢慢向一块靠拢。

如果真是这样，看来我同丹妮还是挺般配的，我们俩谈恋爱正符合这个理论。因为我佩服她的学习与智慧，而她佩服我的胆量与才华，彼此相互倾慕，这不正是天作之合吗？

打定主意后我满怀欢喜，抱着日久生情的想法不停地同丹妮交谈，一时间我们相处得还算可以。平常学习时，我有难题不会做了丹妮总会耐心地为我讲解；生活上有困难时，她也会毫不犹豫地借给我钱用。自然我对她也十分关切，有什么课外书都先给她看，有什么好吃的东西也都分给她一半。

我们的亲密无间令在一旁的亚朋气得慌，他不时瞎掺和着来捣乱。后来，丹妮忍不住叨唠了他两句，吓得这傻小子不敢造次了。我心里偷着乐个不停，还不敢让亚朋知道了，生怕这家伙到处卖我的不是。

光阴似箭，时间如梭，一晃几个月过去了。

在这些日子里，尽管我和丹妮交流得还比较到位，相处得也算和谐，可我仍没有信心，鼓不起勇气向她表达内心的炽爱。不过，在此期间发生了一件让我名气大震的事，当然这事还是与打架有关。

四月中旬，有天课外活动时邵隆的弟弟邵重来找我，说他们班有人欺负他，借饭票不还不说还给了他几巴掌。

一听这话我立即气愤地说："岂有此理，真是欺人太甚！放心，晚上我帮你修理他一顿。"

问过对方名字后我进班里找到亚威，让他放学后跟我一块去找人。

那个男生叫什么羽，亚威把他喊到我们宿舍后被我一顿痛扁。开始时他还想还手，后来见我出手那么利索便打消了抵抗的念头。

次日是周末，我和亚威、亚朋正准备回家，忽见校门口站着几个社会小青年。

亚威立马对我说："你们小心些，可能那几个货是昨天挨打那家伙找的人，我去喊一下肖勇，他认识他们。"而亚朋则去喊闫武英了，他以为准备打群架呢，赶紧去搬救兵。

如果说我没一点怯意的话那绝对是假话，不过我不能示弱，唯有壮着胆往前直走。

临近大门口时，一个穿蓝夹克的小伙走了过来，他摇着脑袋对我说："你就是三（四）班的王名扬？"

我冷哼一声，"是呀，咋的？"

他笑道："你是哪儿的呀？还挺横的！"

我报出了家门，他微哼道："你们村是有几个赖渣，难怪如此牛气哄哄啊！"

我没搭理他。他一挥手："有胆子的话，走，跟我到外面去。"

我强挤笑容道："出去就出去，谁还怕你们不成？"

边走我边观望外面的阵势，见除了两个家伙在一旁站着外，还有一个身穿迷彩衣的男孩在路边蹲着车子。我寻思着，只要那个穿迷彩的家伙不帮忙，就凭那仨货我暂时还不愁收拾。正当我胡思乱想之时，后面穿蓝夹克的冷不防给了我一脚，这大大激起了我的暴力倾向。

回身我就赏了他一拳，刚好击中他的鼻梁，令他痛叫一声。另外两人见老大受伤了赶紧上前助阵，齐齐向我进攻。我凭着练过几下子左躲右闪，让他们近不了身。如果不是顾忌他们是社会青年，我手脚并用的话根本不愁收拾他仨。无奈我心有顾虑，直接受到了束缚，仅凭双手无法阻挡他们的狂攻。

但即便这样，在挨了他们几脚的同时我也狠狠地用拳头揍了他们几下。或许这是我们镇二中第一次出现以一人之力敌三人的打架场面吧，引来了许多男生女生观看。

说真的，我不愧为一个武林高手，在对付那仨小子上只用了三分精力，把七分放在了一旁的那个穿迷彩衣的男孩身上，那才是我的劲敌。不过好汉架不住人多，渐渐地我被他们逼到了路沟边。这时，肖勇、亚威、亚朋、闫武英都赶来了，勇哥大喊一声："住手！"

闻声那仨货打了一个寒战，立马乖乖地停了手，我也傲气十足地站在一旁，怒目而视。

肖勇走过去同那穿蓝夹克的男孩嘀咕了一阵，然后过来对我说："兄弟，你先回家吧，这的事交给我处理吧。"

我犹豫了一下点点头向东走去。有个货在后面嚷道："小子，你别狂，这次躲了，下次还少不了你的！"

我回头冲他叫道："瞧你那熊样，老子随时奉陪！"

一旁的勇哥直冲我挥手，我又嘟囔几句，便心情沉重地上河堤回家了。

周日，我在村里找飞仔他们几个，可都不在家，全都出去打工了。我心里这个气呀，别说有多恼火了！你们这些混蛋，早不出去晚不出去，偏偏等我用到你们之时出去了。

尽管我知道闫武英、肖勇、亚威几个好朋友是绝不会袖手旁观的，可我仍有些胆怯，觉得在校学生无法与那些社会上的流氓们抗衡。

无奈之下，我找到了比我大几岁的好友亮，他笑哈哈地对我说："别怕，到时你就跟他们挑明，是明战还是暗战，最好同他们约个地点，到时好回来再找人。"虽然这是下下策，可也只好死马当活马医了。

不过让人感到意外的是，那几个社会小青年自肖勇同他们谈过后一直没再来学校找我的事。亚威问我知道为啥不，我毫无头绪地说："不知道。难道是他们怕了咱们？"

他一脸老成地说："有这方面的原因。第一，他们同勇哥都认识，曾经都是肖勇那一帮子的成员；第二，勇哥向他们提到了你们村的飞仔等人，他们也有顾虑。于是，只好化干戈为玉帛了。"

没过几天，好友闫武英因为中午偷偷陪我回家，来校时被校长及教导主任逮住了。因为他嘴硬，而同两个领导发生矛盾吵了起来。

之后，听说他还跟领导们动了手。我知道他吃亏了，如果不是他不会退学时对我说："早晚要来收拾那个狗腿子！"看来，他对教导主任是恨之入骨了。

闫武英退学之后有一段时间我心情特别糟，总觉得自己对不住人家，眼看快中考了却害得朋友没学上，良心难安。

命运变幻莫测，谁也不知道前方等待自己的到底是什么样的风景。

春天，春天，春天就这么悄悄地过去……春水流，春水流，别把春天悄悄地带走……哼着这两首毫不相干的歌曲，我的心里一片黯淡。

因为打架之事，我在班内、校内都名气大震。林雅倩、章俊华经常回过头问我："你是不是练过武术呀？怎么打起架来还挺厉害的？"

每每这时我都十分兴奋地说："当然啦，不然怎么能以一敌三呢！"

而丹妮，总是在一旁对我吐槽："打打杀杀的有什么好？亏你还是个文学爱好者呢，一点都不文气！"

看她有点不高兴我连忙转变态度，谦虚地跟她认错赔罪，并表示今后一定痛改前非。这时她就眉开眼笑了，乐得合不拢嘴。

南边座位的杨晓玲目睹此景却是气得牙根痒痒，直冲我瞪眼。有几次她还专门对我挖苦道："你真幸福呀，美人做伴好还乡啊！即使考不上大学，起码捞个老婆，没白上学。"

这话听起来总有点刺耳，于是我也反唇相讥："怎么，大小姐也按捺不住寂寞想找个老头了？用不用我为你介绍几个兄弟？"这话惹得她对我破口大骂。

那时，郁秀的《花季雨季》正卖得火热，因离县城太远，我们学校的学生一直没有人见到过这本书，想买也买不来。

后来，有个书贩子来到我们二中卖盗版书，里面有《花季雨季》。我想，管他正版盗版呢，只要能看即使是乱版也行。还有本大学生情感故事的图书也比较吸引人，二者加起来需要二十元，而我的兜里仅余几元钱，还要打菜吃饭。

无奈之下我到班里借钱，林雅倩和章俊华自是鼎力相助，一个给了我10元、一个给了我5元，另外5元是丹妮主动为我补上的。

读罢郁秀的长篇小说我欣喜若狂，觉得写长篇就是好，能把校园岁月的许多动人故事都描绘出来，如果自己将来也写小说，一定要把丹妮、章俊华、杨晓玲以及章丽、许晓丽、华蓉等全都写进书里。尽管我已经决定要追丹妮了，可对林雅倩、杨晓玲仍是心向往之，起码把她们当成了后补力量。对，为了以防万一，多留些后备军也是蛮不错的。

麦假补课到了。有次午休时，外套正放在我和丹妮的书堆中间。熟睡时，不知不觉间彼此的手都伸到了衣服的下面，不小心碰触到了一起。在双手相接的那一瞬间，我感到一股电流从自己心中滑过，惊醒了沉睡中的自己。深谋远虑的我假装不知道，仍闭着眼，并试探性地再去触碰丹妮的手指。

见对方没有退缩也没有反应，激起了我无限的胆量，勇敢地握住了她那娇小细弱的玉手。

开始丹妮并无响应，慢慢地，她也紧紧地攥住了我的手。我们两颗火热的心，就这么轻而易举地走到了一起。

从此以后，我同丹妮几乎每天都要在午休时"握手"，交流彼此的心灵感应。自然而然地，她对我比以前更体贴、更温柔也更关切了。

没过多久，我们双双坠入爱河，进入了热恋阶段。

那时假期快过完了，每天大多数人都要骑车回家吃住。有次放学时我对丹妮说："今天你就不用跑来跑去了，晚上我给你带好吃的，怎样？"

一脸高兴的她乐道："行啊，我正不想跑来跑去呢，就这么定了，七点我在班里等你。"

约会如此容易，让我喜出望外，连连点头称是，急忙奔出教室，推车回家拿东西。

晚上六点多时我就匆匆地赶来了。一进班没见人影，出去一找，原来丹妮在女生宿舍前刷牙。她让我先进班等着她，我笑着应承一声，快步离去回了教室。

我在座位上坐了一小会儿，丹妮就迈着轻盈的步子进来了。彼此相视一笑，我们就坐在一起吃我带来的东西，有饼干、健力宝、咸菜等。

我们边吃边谈，反正其他人都回家了，不怕别人偷听到。

吃饱喝足后，我们一起出去散步。夜景很美，有星有月，清风拂面，红花绿叶相伴着，构成了一幅绝美的夜色风景画。

牵着丹妮的手，我跟她谈汪国真的青春诗歌，叶倾城的爱情故事，邓皓的灵性散文，古龙的武侠小说……每听我说一个名家的名字她就轻笑一下。

心上人的鼓励让我更是激情万丈，倾之不尽了，从徐志摩、闻一多、冯至说到北岛、顾城、王小妮，从非马、多多、余光中讲到海子、西渡、王家新。数完了中国诗人，我接着说国外的诗人：普希金、海涅、狄金森、拜伦，一直说到我们走回学校。

夜已有些深了，四处静悄悄的，没有一个人影，我们大胆地到草坪上坐下来。望着天上的明月，抱着美人而卧，我心里真有种说不出的朦胧、陶醉、舒畅的快感。

坐了一会儿后丹妮问我想不想听歌，我自是满口称是。说着，她就给我唱起了电视剧《秦始皇与阿房女》的主题曲：

风把漫长来时路吹断，再回首情还在人已散，我恨苍天无语，总闭上眼睛不听不问不看。任凭深情，任凭真心，随风离散，让我痼狂、让她伤感，日夜背负着相思的重担，让英雄气短就唯有爱。假若伴君奔走，最后留不住红颜知己为伴，就算手握无边江山也有憾……

这首缠绵悱恻的情歌听得我直想哭，把丹妮紧紧地揽在怀里，生怕一松手她会离我而去。

那晚的我有股莫名的冲动，忍不住吻了丹妮。她的嘴给人的感觉很甜软，不过也有点凉。或许以前她确实没谈过恋爱，若不然她不会这么单纯，这么顺从，如一只温和的小绵羊。

听说她家境不是很好，在校也没几个朋友，以后我要好好对她，绝不能辜负了她的一片爱意。这是我当时的真实想法，绝对没有欺骗或者说谎的意思。只是，未来的事、未来的路往往不按我们当初设计得走。

虽说这时我与丹妮已算是进入了正式的恋爱阶段，平常没事之时我仍同林雅佳、章俊华和杨晓玲侃个不停，每每这时身边的丹妮脸色都不怎么好看。

亚朋可能发觉了什么，私下里语重心长地劝告我要端正一下态度，别吃着碗里看着锅里。我想想也是，尚未完全得到心上人，惹得她生气跟我吹了那就麻烦了。

尤其临近中考了我却学不进去，这让人担忧。有次课堂上，丹妮特意在我的本子上用英语写下了这句话：Time and tide wait for no man。

瞧着她一本正经的样子我故作不识地说："大小姐，这是什么意思啊？"

她怒道："亏你还成天学英语呢！连'岁月不待人'都不知道？"

我连哦几声，点头称懂了懂了。看着我玩世不恭的模样，弄得她也笑出声来。

渐渐地，我们的关系更加亲近融洽了。

# 17

## 毕业赠言

在中考前一周，有一天我去镇上买东西时在街上遇到了晓亭。一见面，他就满脸伤感地说："知道不，有位同学病故了。"

我一脸不在乎地说："谁呀？"

他苦笑说："知钢。"

一听这名字我的脸立马也沉了下来，毕竟那是我的同桌，关系挺好的。

仔细一问才知道是怎么回事。章知钢初三时没考上县一高，又留了一级，成天死学硬背，从不锻炼一下身体。第二年虽说终于考上了县一高，没想到刚上了不足一年就得急病死了。

这一刻我意识到人的生命是如此脆弱，谁也不知道自己何时会死，谁也无法真正把握自己明天的命运。

再回学校后我懂得用心学习了，也不再整天同那几个女生嘻嘻哈哈、说说笑笑了。

猛地变好令丹妮十分好奇，她问我怎么了？怎会变得沉默寡言还也懂得学习了？

我苦笑道："咋的？你以为我只懂得玩呀？别忘了我也想考上高中呢。"我没有把好友去世的消息告诉她，因为没有必要，他们又不认识，再说这么悲惨的事何必弄得满城风雨呢。

　　不过，私下里我还是劝丹妮要好好锻炼身体。

　　她问："为什么呀？"

　　我有意吓唬她说："听说有个中学学生因为不经常参加体育活动，身体弱得像面条，前不久得急病死了，你说可怕不可怕？"

　　她脸色苍白地说："真的？"

　　我笑道："当然了！骗你是小狗。"心里却难过地想，肯定是真的了，因为那个死的学生就是我的同桌好友啊。

　　在这段日子里，丹妮时常帮我洗衣服、刷鞋或晒被子，而我也帮她买饭、买零食、买生活用品或学习资料，我们两个俨然成了一对小夫妻。晚上一有空，我们就外出散步，不过大多都是牵牵手、接接吻，过火的事没有做。

　　我们由不经意地相识到不经意地相爱，这一切仿佛都是在做梦，而梦也将越做越荒唐。

　　数数时间不多了，在一个雨夜，我同丹妮打着花伞溜出了校园。漫步在湿漉漉的田间小路上，彼此心情都很沉重，因为快中招考试了，面临着升学与分别。

　　偷偷地瞟了一眼丹妮，我发觉她的眼神也微带哀愁与忧思，可能她与我的感受一样吧！

　　经过一间旧屋时，我建议进去歇歇脚。沉思片刻丹妮颔首答应了。没有门，我们径直进了小屋，里面空空如也，唯有地上堆了一层薄薄的麦秸。

　　犹豫一下，我脱下外套，铺在地上，挽着丹妮的手坐了下来。她温柔地把头靠在我的肩上，我舒服地搂着她，心里既感伤又幸福。

　　外面的细雨飘个不停，似情人分别时的眼泪，怎么流也流不完。我们偶尔说几句话，可仿佛总感觉有些言不由衷。我们就这样静静地坐着，靠着，想着，从无语之中方感到有些欣慰，真可谓是此时无声胜有声。不是心理医生的我，隐隐也能猜到她此刻的心思，肯定是在想我们之间的事与考学的事。

呆坐片刻，我用力把丹妮揽在怀里，轻抚她的秀发，温柔地说："放心，丹妮，我会好好对你的，只要你愿意等我，即使考上高中、上了大学我也不会忘记你的……"

平静地聆听着我的诉说，她没有言语，只是忍不住流了眼泪。我用嘴吻掉她脸颊的泪珠，然后又去轻吻她的秀发，她的玉颈。激情的碰撞也令丹妮有了反应，她紧紧地抱住我的腰，同我热吻起来。

两颗狂热的心一旦相遇，就注定要碰撞出爱情的火花。渐渐的，我们抱得越来越紧，像粘在了一起。

忽然，我心中有种荒唐的念头，这种想法一旦产生就再也挥之不去了。我试探地去解丹妮的衣扣，她没有回绝，她的顺从增加了我心中的恶，令我的胆子更大了……

荒唐的雨夜，空屋里发生着凌乱的事。不记得那晚是怎么度过的，清醒时只见丹妮泪流满面地伏在我的胸前，低声地啜泣着。心有负罪之感的我不敢去瞅她的眼，只是用手轻轻地为她擦拭脸上的泪痕，嘴上认真地说："丹妮，请放心，我会永远爱你的。"

可是，我不知自己这份年轻的爱到底牢固不牢固，都说初中时的恋爱往往只开花而不结果，难道真是这样吗？我很害怕，害怕自己多年以后会负了心上人。尽管我喜欢多情，可我更向往钟情。

有人说，早恋如水上的浮萍，没有根，怎么可能长久？还有人说，初恋是根本不会有结果的，因为那时还不成熟，不成熟的爱怎会长远？有位作家也曾感叹："爱是世间最不可捉摸的情感，即使亲口说出来也未必可信。一切只能靠感觉，但感觉往往又是那么飘忽不定。"

尽管我不信以上这些危言耸听的言论，可内心深处还是充满了惶恐与不安，因为我是一个善良的人，不忍伤害任何人，尤其是自己爱过的女孩。只是，年轻的我们还不懂什么是爱，根本承担不起爱的责任。仿佛一切都是在做游戏，又仿佛是在做梦，但这一夜却成了我人生中最难忘的一幕，成了我永远刻骨铭心的伤痛。

考试前几天，大家都忙着写赠言，我也兴冲冲地买了赠言本子，让周围的同学们题字留念。当然，我最希望为我写祝福之语的是那几个后备军女孩。因此，看到林雅倩、章俊华、杨晓玲等人的留言，我心里美滋滋的。

尤其杨晓玲，特意为我写了两页，还全是有关缘呀情呀之类的句子。她的赠言让我心里不是滋味，觉得自己对不住她，有负她的一片真情。可没办法，我已爱上了丹妮，就不能再一心两用了。即使我有一心多用的能力，也不能对不起她们。毕竟自己不是什么大鼻子情圣，只是个平凡的小人物，纵使有花心之胆之念，也不能有花心之行为。

不过，我还大意了一点，没有让心上人为自己写几句留念。虽然我也偶尔跟丹妮提了一下，她笑笑说："咱们俩谁跟谁呀，用得着写这么俗的东西吗？"我心想也是，都快成一家人啦用不着这么客套。就这样，我的毕业留言本上始终有一个空缺，那是我心爱之人的位置！

让人感到欣慰的是，除了赠言本外我还有一个日记本，上面除了抄一些歌词外还摘录了不少精妙句子。那上面为我抄名言最多的两个人：一个是丹妮，另一个就是杨晓玲。

聚也不是开始，散也不是结束，同窗数载凝成的无数美好瞬间，将永远铭刻在我的记忆中。

有时候觉得离你那么近，近得可以看清你瞳仁里的自己；有时又觉得离你那么远，远得听不清你说些什么。

流着泪，用彩虹编织着青春的草帽，绿荫遍地生长；梦中，我们一同叩响爱的门扉。

……

这是丹妮为我抄的句子，读着它们，我心里有股莫名的感动与知足。而杨晓玲为我抄的那些句子，也让我心里一阵狂喜与心动。

你相信缘分吗？那是一种神秘而美丽的牵系。对于我们之间，只想告诉你：我很珍惜！

你的身影留在我的视野，或许天地曾经一片苍茫。你知道吗？你永远走不出我的祝福，我的思念……

从认识你那一天开始，我的世界就开始了漫长等待。在你的皓齿明眸面前，我最深层的心扉裸露无遗。

……

不过，最让我感到困惑的，是那句："人海茫茫，知音何在？远在天边，近在咫尺。不是一个形，而是一颗心。"难道杨晓玲一直把我当成知心好友，还是把我当成了情人？我不清楚，感觉这个女孩给我的印象就是神秘，如一个谜，让人费疑猜。


不愿告别，却在告别，那稚气的年月。

不愿告别，总在告别，我多梦的时节。

正像这句赠言一样，我的初三复读生活终于到了告别之时。中考一过，同班同学四处散去，从此天各一方。

让青春吹动了你的长发，让它牵引你的梦，不知不觉地已到离时，记取了你的笑容，红红心中蓝蓝的天是个生命的开始，春雨不眠隔夜的你曾空度无眠的日子……

哼着影视金曲《追梦人》，我满怀期待地等待着命运之神的降临。不仅仅是中招录取通知书，还有我那刚刚开始的爱情。

多年之后我方明白，自己哼唱过的歌曲《追梦人》，还有一个令人心酸的名字叫《莫让红颜守空尘》。难道一切都是命中注定好的不成？注定让我有负丹妮，注定让我最初的恋人守空尘？

萧伯纳说："人生有两个悲剧，一种是没有得到你心里想要的东西，另一种是得到了。"这话真是有意思，大师就是大师，所说的话就是深刻有道理。不论世人怎么做，既不会让你得意忘形，也不会让你灰心泄气。可是，我觉得一般人还是会不自觉地选择前一种悲剧，起码同后者比较起来，得到之后的悲剧不会让人产生遗憾。

如此说来，我庆幸初三能与丹妮谈这场恋爱，起码再回首少年时光不会觉得这段青春一片空白。

中考后，心上人丹妮来我家找过我几次，我们又做了几次也不知该不该做的事。我以为，只要两情相悦，彼此真心喜欢对方，坦诚相爱，偷吃禁果有什么可怕的？

爱情在我幼时的心中太神圣太伟大了，我觉得它如一剂强而有力的镇静剂，吃了它什么困难也阻止不了我们。或许年少气盛的我们把事情想得太简单了，人生许多时候往往是不由自主的。经常看武侠小说的我，反而没弄懂什么叫"身在江湖，身不由己"，想来真是可笑又可悲。

中考的成绩一公布令我大失所望，距县里最次的普通高中还差七八分。那时流行高价生，差不多每所学校都有编外名额，自然好学校同一般学校的价格也是不一样的。

正好我的一个村友考得比较高一些，可离重点高中的分数线仍差一大截，因此他留级了。班主任闫老师还比较关照我，他找到俺老爸说："干脆让名扬这孩子顶人家的名字去上学算了。如果按他的分数，恐怕没有万八千是上不成的。"老爸一想也是，就找到俺村那个打算留级的学生的父母，一商量人家也同意了，毕竟是一个村的。

9月开学后，老爸多掏了三千元把我送往县三高读书。而丹妮，由于发挥失常，也没有考入理想的师范学校，最终上了一所省城的铁路中专。尽管恋爱是双方的问题，可我知道这一切后果都是自己主动酝酿的，不管是苦也好甜也好，都得一个人舔尝，唯觉得对不住丹妮，总感到自己欠她太多太多……

人常说，世间最难偿还的是感情债。遥望远方，我不知自己何时才能还得清对丹妮的那份感情债。

县三高是一所组建的学校，原来是一个大杂烩职专，什么专业都有，电大、幼师、职高等等。我们这一届，也不知是幸运还是不幸，正好赶上是新成高中的头一届，算是实验品吧。

我自嘲道：管他呢！考上学考不上学全在个人运气，即使落榜了多学点知识也是好的。

或许从一开始我就清楚自己不是上大学的料，因此高一上学期我学习都不怎么用功。但是，我又不是一个不学无术的坏孩子，为了打发自己充足的懒散时光，便一头搞起了写作。

毕竟文学这东西是项伟大的事业，整这一行起码不会让父母丢人。如果是在学校里打架斗殴拉帮结派或是偷鸡摸狗肯定名声不好。

## *18*

# 疯狂投稿

　　高一上学期，大概是我真正搞文学创作的时间，在此之前的那些写作净是小打小闹、断断续续的，根本没用过心。从这一刻起，我用了五分的精力学习，用了五分的精力写文章投稿。我想，只要功夫深铁棒磨成针。凭我王名扬的悟性与功底，发表作品、出人头地自是不在话下。

　　进入县三高没多久就迎来了教师节，有感于初三班主任闫老师的关照，我特意给他买了一张贺卡，在上面写道：

　　老师

　　或许有千里冰封

　　或许有万里雪飘

　　您的圣洁和温暖

　　却使我们相信

　　生活没有冬天


　　踏遍心田的每一角

踩透心灵的每一寸

满是对您的敬意

谨谢谢您

敬爱的老师

送出去没过一周，闫老师就连忙给我回了信，他感慨道："那些尖子生们，平常我对他们那么好，却没有一个人在节日时问候我一句，倒是你这学习不怎么提劲的中等生反而还记得老师，真是难得啊……"

老班的话让我思索好久，人究竟是怎么回事？口头上总大谈知恩图报，可事实上谁还记得谁！不过我不同，我是个感情丰富且重感情的人，不论是爱的时候还是受伤害的时候，都难免要比别人的深一些。

在元旦之前，昔日的同窗我只联系过两个人，一个是远在黄河北岸上财会中专的杨晓玲，另一个是临近黄河在省城上中专的丹妮。可令人遗憾的是，只有杨晓玲给我回了信，心上人丹妮不知是没有收到我的信还是不想回，总之迟迟不见她的回信。


高一的生活还算平静，我对谈恋爱不怎么感兴趣，或许是在想着远方的佳人不敢胡来吧。当然也不排除一种情况，我们学校目前还没有出现值得让我去追的好姑娘。

事实确实如此，多少空闲时光我都游荡在三高校园的前前后后，眼睛不停地四处乱瞅，其实为的就是寻找能让自己心动的红颜知己！

那会儿高中仅三个班，没啥可瞅的，即使有那么一点姿色的女孩也早被别的男生抢走了。普师班、幼师班及职高班，虽然有几个长得不错的，可整天嘻嘻哈哈同男生眉来眼去，令我感到恶心与愤怒，一点也提不起追她的兴趣。

想想电视剧《十六岁的花季》我心里就痒痒，人家也是高中，咱这也是高中，怎么差别这么大？甭说像白雪那样美丽的女孩了，就是像菲儿那样可爱的姑娘我们学校也是一个没有，真让人恼火！如果没有理想的对象我绝不会动情，哪怕三年高中生活如流水一样淌过我也不乱来。

有些理想主义的我，或许追求的是一种完美的爱情吧，可能还有一点是出于对丹妮的尊重与负责吧。毕竟尚未分手，她仍是我名义上的女朋友。

在文学上，我疯狂地投了两三个月的稿，却没有取得想象中的成绩，除了收到过几个让我交钱入会与领取获奖证书的通知单外，稿费通知与发表通知一份也没收到过，这多少让我有些泄气。不过，初学写作时的那份虚荣心促使我交过几回钱，上过几次当。

望着杂志社寄回来的薄薄一张红色证书，我脸上说不出的难过与悲哀。难道这就是我羡慕已久的文坛？难道这就是最神圣的事业吗？

空虚、失落之际杨晓玲的来信安慰了我，这让我感到既惊又喜。而我所期望的心上人，却迟迟没有给我来过信，这让我内心对丹妮十分地不满与愤恨。

翻看摘抄本，读到一篇《分手》的文章，令我触景生情，若有所思。

早知道会有这么一天，我不会轻易地扬起爱的风帆；早知道分手是这般的容易，我们不会轻易地说：我们相信到永远……

人生的事本来难以预料，我们相逢在冬季，分手却在收获的秋天。

你忘不了，我也忘不了，我们在阳光下的欢笑；你记住，我也记住，我们在田野中数星星的夜晚……

我们记住它，是因为我们曾真诚地相爱过；我们忘掉它，是因为今后的路还很长，我们都要走向遥远……

不要去追寻分手的原因，就像当初我们说不清为什么相恋；不要把分手看得如此可怕，人生本是离合聚散。

给我一个祝福吧！别那么吝啬，吝啬到一个微笑也不愿给我。我多么想让你最后一次吻干我眼角的泪滴，紧握我的手，说一声：保重，再见！

哦，岁月会流失，人也将老去，但我在心里依旧为我们祝愿，祝愿我们再有一次美好的见面……

不祥的感觉涌上我的心头，难道同丹妮的美好初恋也将如这文中一样面临分手吗？

夜深人静时反思，我弄不清自己到底是爱丹妮多些还是喜欢她多些？这么久不曾联系，她会不会把我淡忘了？我们的爱情还会不会像开始时一样热烈滚烫呢？一听到郭峰的《移情别恋》我心里都毛毛的，感觉不是滋味，七上八下地忐忑不安。

青年作家王改昌说过："不再相见，并不一定等于分离；不再通音讯，也并不一定等于忘记。"可是有时候，人还是那么在乎彼此之间的一些联系，如果没有这些来往，仅仅靠精神或心灵的牵挂会显得有些不真实和虚幻。

有时候，我总觉得能收到丹妮的只字片语自己心里或许会好受些，我知道，不论是最终她把我忘记还是我把她忘记，这段爱情都注定要成为悲剧。

春节时，本来我想去找丹妮的，可几次徘徊在她家的房后都鼓不起勇气。

其实初三毕业后我们俩的恋情就被双方的家长知道了。当时，我的父母一心想让我考大学，因而没同意这门婚事，说等两个孩子都长大了再说……难道丹妮是因为这不搭理我的吗？我也正是因为想到了这一点才不敢光明正大地去她家里，怕会受到她爸妈的奚落与刁难。

一个假期我过得都没有意思，除了大年初一时在大街上碰到过一次旭儿让我激动过一阵外，其他大多时间我都在沉默之中度过。倒是不是女朋友的杨晓玲我还在镇上见过一次，彼此十分亲热，谈了好久，那天我露出了难得的笑容。

高一下学期开学，我又投入到创作投稿的忙碌之中，或许只有置身于文学事业里我才能忘记自身的感情累赘。当然，我并不是一个圣徒，怎么可能长期不为花花世界所动呢？有一段时间，我也曾被班内一个名叫谭丽的女孩所迷惑，虽说她长得不是多漂亮，可毕竟是城里人，气质挺不错的。

无事之时我找借口接近这个女孩，一时倒成了我的日常习惯。或许我们真的是有缘或是性情相投吧，她的喜好竟然同我一样，都是爱看书、爱听音乐。可惜，我们仅仅交流过几次，当我准备有所行动时谭丽却突然转校去了县一高，这令我懊恼不已。

失去了目标，我像一只无头苍蝇般乱飞乱撞，一怒之下干脆还是用心写作吧。

皇天不负有心人。那年3月的某一天，我突然收到一家杂志社的样刊，上面有我一首关于亲情的小诗。那一刻的惊喜真是无以形容，只记得我走进校门口对面的书店，一口气买了好几本当期的杂志准备送朋友和老师。也正是这家校园刊物，给了我向文坛进军的信心与勇气，那迷人的文学梦第一次在自己生命中如此强烈。

同时，北方有家文化机构编的一本书收了我的一首情诗，自然这是交过钱才入编的。这两大喜事确实让我兴奋过一阵子，也让我在三高校园里出了一阵名，在班内更是出尽了风头。

后来，连远方的杨晓玲都知道我发表文章了，来信恭贺我，并祝愿我写出更多的好作品。由于她的鼓励，我斗志更旺了，更加坚持不懈地写文章投稿。

最让我高兴的是，连初三时冷落过我的女孩华蓉，这时也给我写了一封道歉信。我欣喜若狂，毕竟她此刻同我一所学校，只不过上的是职高。如此近的距离，不正是我向她进攻的大好时机吗？

深思熟虑之后，我写了一篇饱含真情的散文，是关于初三同华蓉误会的事，投往了发表我处女作的那家杂志。不出两个月，也就是5月中旬吧，该文就又登在此刊物的第6期上。这次因为是长文章，还得了50元稿费，兴奋之余我请了几个哥们去外面撮了一顿饭。

到书店里，我又买了两本新杂志，一本送给语文老师，另一本送给那个伤害过我的女孩华蓉。

语文老师早就听说我发表文章的事了，而今见我又发表了一篇自是连连称赞我不了起，后生可畏，有前途！让我不要骄傲，要虚心地创作，再接再厉、再创辉煌。

我连连点头应承着，心里美滋滋的，毕竟这是高一班内唯一一个比较看重我的老师。至于其他科的老师，对我这种偏才是不屑一顾的，认为我是秋后的蚂蚱蹦不了几天。当然，对于其他科我也是可有可无，反正考不上学了干脆破罐子破摔。

找了个适当的机会，我把杂志送给华蓉一本。接过样刊的那一瞬间我发觉她感动得哭了。那一刻，我好得意，只是我忽然觉得，此刻的华蓉长得没有初三时迷人了。究竟是因为她长发变短了还是她真的变丑了？这细微的发现让我有点失望，极大地打击了我对她刚刚萌生起的爱意与追求之心。

又是暑假，我心情依然冷得如三月的湘江水。这期间，我终于有机会见到心上人丹妮了。从她的目光里我读到了绝望，不过我并没有感到多么痛苦。在我看来，天涯何处无芳草，况且自己这么优秀这么有才，好女孩多得很，都在后头呢。

这种错误的想法让我没有懂得珍惜，没有懂得去挽回我的初恋。而丹妮呢，或许看到我竟然如此无动于衷就更加失望心寒了，让她有了要同我分手的打算。

草草地熬到开学，我的心情才轻松一些，因为至少可以到文学的海洋里自由遨游了。每当我心里觉得落寞孤单或受到伤害的时候，我都会去写字，唯有文字能暂时抚慰我凌乱不堪的心。

有位作家说得很对："人活着，不是为迎合别人的认同，而是一种自我的追求与肯定。"理想的爱情，伟大的文学，这两者很自然成了我当时最高的梦想与追求。我心里对自己说，今生今世，如果不能找到一个最爱的女孩，那么我绝对要在文学上成就一番事业，不然将愧对自己仅有的一次生命。

当然，两者皆是我最好的期盼，只是我也知道那是十分渺茫的事，毕竟人活着不能全靠幸运，我可能会幸运一时，但不会幸运一辈子。命运是什么东西谁也说不清，只要不过得稀里糊涂，我觉得人生怎么过都不算虚度。

因为贪图虚名，我往杂志社的投稿次数少了，而参加各种征文比赛的次数多了。整个高二上学期，除了几家民刊发表我几篇文章外，正规刊物只有河北的《青少年文学》刊登过我的一首小诗。望着十几张用金钱买来的获奖证书，我心里难免有些疼痛，也有说不出的窃喜与自豪。看来，真可谓是骗子受利，上当者受名。能做到自甘上当我也够荒唐可笑的了。没办法，初学写作的人，都逃脱不了虚荣二字。

　　一年多的高中寂寞生活让我的心里静如死水，没有一点生趣可言。文学上的收获并不能填充我感情上的空缺，心灵上的孤单也不是多交几个朋友就能解决得了的。倘若杨晓玲在的话，兴许还能解决一下我精神上的负担。可相隔百里，纵使互通鸿雁，也解不了燃眉之急。

*19*

# 红衣天使

　　人生就是让人捉摸不透，正如书中所言："美丽的梦与美丽的诗一样，都是可遇而不可求的，常常在最没能料到的时刻出现。"让我一见倾心的梦中天使，竟然在我最为绝望无助的时候真的在校园里出现了。

　　冬天雪后的一天，正行走在学校小路上的我忽觉眼前红影一闪，一道亮丽的风景打眼前滑过。我仔细观看，见是一个身穿红衣的女孩挽着长发向幼师班教学楼那边走去。这短暂的邂逅让我欣喜若狂，改变了自己对幼师女生一直以来的看法。

　　本来我以为她是新幼师班的呢，可看到她走进二（一）班时才肯定她是老幼师班的。这让我有点不敢相信自己的眼睛，怀疑是不是看错了。

　　几次暗中追踪方相信那就是事实。不过我甚感纳闷，来校这么久，我怎么从来没见过这位红衣姑娘呢？难不成是上天对我的恩赐，让这么一位纯真天使来陪我度过接来下的这一年半高中生活？曾经以为我不会在高中动情了，因为我觉得没有一个女孩值得自己付出真心。看来，这想法该改变了。

　　那时，我同几个学友搞了一个文学社团，取名为"寻梦"。尽管办文学小报一分钱不赚，但却让我在校园里又大大地出了一阵名。虽说校领导不支持我们搞社报，可至少班主任和语文老师还算够义气，挺赞赏我们的行为。因此一时间文学社办得还算红火，没有立刻遭到校方的封杀。

红衣女孩的出现，给我麻木的心灵带来了极大的震动，办报的兴致更高了。为能瞅她一眼，我开始频繁往幼师班窜，明着是为了办报搞图片找老乡商谈工作，暗中却是为了探访心中的红衣天使。

每次吃饭时，我还按时往西伙房门口跑，为的是能碰见心仪女孩。也不知是上苍有眼还是彼此有缘，我们相逢的概率竟达百分之九十以上，这让我越加相信彼此有情。只是我太过内向，不善言谈，更缺少其他男生的胆量与勇气，面对眼前的红衣天使只能一次次与之擦肩而过，白白地做着单相思的美梦。

春节临近时，幼师及其他杂牌生都提前放假了。

那天，我站在北风凛冽的学校大门口，苦苦地等待着那个红衣女孩。一会儿天使迈着轻盈的步子推车出来了，羞怯的我赶紧躲闪到一边，等人家过去后才敢出来，目送她的背影渐行渐远。

在家的这十几天，我都是在回忆与幻想中度过的，此时她几乎成了我生命的主题，倩影分分秒秒都在脑子里晃个不停。因为她穿的是红衣，让我不由得又想起了张真的老歌《红红好姑娘》。一时间，我的小屋子里整天飘的都是："小时候的梦想，从来都不曾遗忘，找个世上最美的新娘……"

千禧年一到，我们马上进入了高二下学期。返校后，我一面筹备着办报的事，一面策划着怎么去接近这位红衣天使。

阳春三月时，我们文学社的社报《寻梦》终于面世了。在此期间，意乱情迷的我也曾无数次在人群中寻觅红衣女孩的身影，也曾无数次夜里梦到过她的笑容，也曾无数次在本子上描画过她的面孔……只是，我太看重缘分了，太相信宿命了，总觉得俩人有缘的话无须强求，一定会走到一起的。不过这样的好运迟迟没有降临到我的头上，这令我深感不安与焦虑。

需要说明的是，幼师班还有一位紫衣女孩长得也挺美丽的，她也是我来校后第一次所见。此女名叫蔷薇。我就很奇怪，这幼二（一）班果然了得，竟然藏了两位大美女！以前一年多时间我怎么会没发现她们呢？

关于蔷薇我了解的不是太多，只是听说她已经有了男朋友。我嘛，不喜欢同人家争风吃醋，对名花有主的女孩不感兴趣。当然，要是女方对我有意思或愿意同我谈恋爱的话，我自是不会拒之门外。

说真的，我对红衣和紫衣两位梦中天使都有些心动，可理智告诉我，不能脚踩两只船，而且也根本不可能追到两个。

思索再三，我觉得还是追红衣女孩比较稳妥，起码她尚是单身，没什么后顾之忧。而蔷薇，不仅已经有了男朋友，据说我们班的一个哥们也对她一往情深，自己又怎好意思再同他去争呢？

为此，我决定选择红衣天使，放弃蔷薇。事不宜迟，赶紧采取行动方是当务之急，我得起码先探知人家叫什么，哪儿的人。

俺班的男生同幼师班的女生来往的人不少，哥们老宪就是其中一员。在我面前，他曾吹嘘道：幼二（一）班的女生他全认识。这话我自是不信，就同他打赌，因为在我眼里，红衣天使是那么清纯美丽，那么天真可爱，绝不会与他所认识的那种女孩为伍的。

结果有一次在学校大门口，我一指远方的幼师班女生，老宪瞧了瞧红衣女孩，摇头叹息道："如此亮丽的美女，我车羽宪怎么没早点发现呢？"

我笑道："当然了，这是老天留给我们这些老实人的姻缘啊！"这让我愈发相信红衣天使就是自己今生该等的人。

后来，通过朋友伟与浩以及车羽宪的帮忙打探，半天不到我就收集到了不少关于红衣女孩的情况：名字晶儿，生肖属狗，父母是教师，姊妹四人，性格坚强，从未哭过一回。

对几位好友千恩万谢之后我心满意足地笑了，不过未表现在脸上，而是乐在心里，怕别人瞅出什么苗头。可浩那家伙机灵得很，好像嗅出了什么，非死打烂缠地追问我是不是有那意思，如果有让他去牵线，因为幼师班他有很多朋友。

他的盛情总让人有热心过度的感觉，以致弄得我哭笑不得，不知该如何打发他才好。无奈之下，我微笑着干脆不置一词，用沉默是金的方法对付这小子。

此招还真灵，浩见我没反应，气得大骂我懦夫、胆小鬼，并扬言，假如我再不追的话他便捷足先登了。

我淡淡一笑，装出一副满不在乎的样子，其实心里很着急，生怕别人近水楼台先得月！衡量再三，我觉得也是该出手的时候了，真害怕晚一步红衣天使晶儿会被他人抢跑。

用了一天的时间，我写好一封交友信，并在信内附了自己主办的两期文学小报，在自认为无懈可击的情况下我方送出。这关是不好过的，我想不出是自己送好还是让别人传递为好。

平心而论，我真不愿用外人，不想让太多人知道这事儿，对她对我都不好。无奈，在校园里转了几圈后我也没找到晶儿的影子，只好托付别人把信转交给她了。


周末高中班继续上课。中午外出散心，我无意间发现自己的文章在西安一家校园刊物上发表了，激动得一下子买了两本，想送晶儿一本。

回班后，哥们老宪拉着我非让我请客，说有我的信，是幼师班的。闻言喜得我是心花怒放，万分肯定是晶儿的回信。于是，我毫不犹豫地应承了下来。

小心地撕开封口，掏出信来轻轻展开，我一字不漏地看完了，那认真的态度比读《圣经》还要投入。虽然晶儿在信中并未对我表露什么，只是佩服我的才华，愿意与我交友。但这已经足够了，我的初步计划已成功地实现了。

周一午饭后，我把回信夹在新杂志里，信里大都是些客套话，临末写了句要照片的话。准备好后，我匆匆出教室去前楼找晶儿。

谁知在半途我就正巧碰到她。我紧握时机飞快地狂奔过去，并喊住了她。红衣女孩满脸笑容地回头望着我，有点迷惑。我强装镇静地说："你就是晶儿吧，我是王名扬，也就是寻梦文学社的主编。"她醉人地点了点头。

心乱如麻的我控制不住内心的狂跳，稳了稳情绪，站在春天的小路上我同意中人侃侃而谈起来。我扬起手中的书，递给她说："这是我刚刚在杂志上发表的一篇文章，送给你留作纪念吧，算是我的一点心意。"

接过书，她有些激动地道了声"谢谢"。天使那灿烂的笑容简直要把我迷死了，我不敢去瞅她的眼睛，怕她会看穿我的心迹，更怕泛滥的感情最终淹没了自己，也淹没了未来。

稍顿片刻，我问她："听说你们幼师快毕业了，是不是真的？"

晶儿爽朗地说："是呀，大概再上一周左右就要离校了。"我的心跟着一沉，急促地问："还来不来呢？"

"来，不过要等到六月才返校，且只待一会儿……"晶儿天真无邪毫无隐瞒地对我说。听到她还来我的心稍微平静了些，觉得自己还有机会向她一诉衷情。

第二天晚上放学后我正在刷牙时，浩风风火火地跑过来，拉着我的袖子便走，嘴上嚷嚷着："你这家伙还在这刷牙呢，人家在那边等着给你相片呢！"

一听这话我也顾不了那么多了，把东西往水池旁边一扔飞步向楼上冲去。那小子却在后边穷喊道："三分钟，啊！三分钟……"

我心里气得慌，"你这个死阿浩，穷嚷什么，生怕别人不知道似的。"

进班揣好自己的相片，我又迅速下楼奔向幼师班窗后，果然见晶儿和一名女生站在阴暗处等我。走到近前我笑着说："对不起，让你们久等了。"她笑着说："没啥，我们也是刚站这不久。"

浩这货也很快凑了过来，同我们打过招呼后把一旁的女生叫走了，只剩下我与晶儿默默地对望着。

向前靠拢了一下身子，我把自己的照片递给心仪女孩看，她挑了两张，然后也给我拿她的相片。我精心选了两张，把剩余的还给她。又闲聊了一会儿，我们各自就回宿舍休息去了。

时间过得好快，转眼又是一周。在这几日我曾找晶儿聊了多次，对她的印象更深了。尤其她的微笑，简直刻进了我的脑海里，时刻在里面来回荡漾。

有次课外活动，晶儿陪我到校外逛了一圈，有说有笑的，好不快活。这段记忆是我一生中最宝贵的，也是我最开心、最快乐的一段时光。

那时因为收信多，许多人都争着问我要邮票，而每次我都给他们一些普通型的，至于好的邮票我几乎都送给了晶儿，主要是她的表妹喜欢集邮。

当然，远方的杨晓玲也问我要过邮票，碍于面子我也曾给她寄了一些。除了她和晶儿外，其他女生很少能从我手里要走漂亮的邮票。

分别的时候就要到了，晶儿要离校了，我去外面买了三盒磁带作为送别的礼物。

临别时我们聊了一会儿，看到笑容满面的她我不禁悲从中来。她的乐观同我的悲观，是多么相配！我想，这一定就是所谓的缘分。

没有天使在校园的日子，我才感到自己是那么脆弱与孤单，那么需要晶儿的关心和鼓励。尤其前些日子简直是食之无味、夜不能寐，眼前浮现的都是她的身影，耳边响起的都是她的声音。

还好，一周后晶儿给我来信了。在信中，她说很喜欢我送的礼物。仅这一句话我就知足了。不过，信末她问我为什么老喜欢写情诗？这问题难得我无从回答，草草地为她解释了几句，全是些牵强附会的话。

如果说收信之时是甜蜜的享受，那么等信的时候则是苦涩的煎熬。因为晶儿在信中天真地问我上课是不是老魂不守舍？是不是因为她？

多么可爱的小姑娘啊，我心里想，看后心里是既惊又喜：惊的是她这么心直口快，喜的是原来她也明白我的心意。由此可见，晶儿是多么纯真清秀，多么无邪可爱。本就对她充满好感的我，心里越加喜爱她了。

只是，我不敢贸然回信，因为我不确定她是否也喜欢我。直到有一天，我无意间发现晶儿来信的邮票是倒贴着的，我恍然所悟：或许她心中也喜欢我吧。

因为人常说反贴邮票代表着暗恋。

这天真的想法我不知自己是怎么得来的，怎么不考虑一下是人家误贴的呢？仿佛一切都是命中注定似的，不管是幸运还是厄运，我们既无法选择也无法抗拒，唯有迎头去承受。

斟酌再三，我饱含深情地写了一封洋洋洒洒的书信，附上自己办的校报及发表的作品样报，想及时给晶儿寄去，却又害怕她收不到，更怕自己的一厢情愿吓着或伤害了她。

考虑良久，我决定暂时不寄出，先邮张白纸，来个投石问路。或许晶儿收到了不理解内涵，这是很有可能的。因为像她这么纯真的女孩又怎会懂得人心险恶、人性复杂呢？所以我迟迟未收到她的回音。


六月初，幼师返校的前一天，欣喜得我一夜未眠。

次日一大早我便换好了衣服，准备迎接心仪女孩的到来。中午，我站在二楼四处眺望，发现晶儿穿着紫色的短袖与黑色的短裙出现在前楼，与她同行的还有她表妹。她的这身打扮俨然像童话里的天使，像大漠里的飞天，像洛水里的女神……要多好看有多好看。

目不转睛地注视着她，直到在视野里消失方回过神，感慨地想：假若今生能与晶儿这么好的女孩在一起，让我干什么都愿意。正如歌中所唱的一样："假如半生奔走，最后留不住红颜知己为伴，就算送我无边江山也有憾……"

本来，我打算中午请晶儿出去吃饭的，不料没找到她。午后听说她们又要走了，我内心一阵暗痛：真倒霉，千年才等一回，怎么这样匆匆。

课堂上我说什么也学不进去了，伏在窗口东张西望，一心在寻觅我那梦中美丽天使的芳踪。

夕阳落山之际，我揣着早已装好的东西在楼上等待晶儿的出现。不一会儿，晶儿终于和她表妹从后院走来了。迈着轻盈的步子，一蹦一跳的她像个快活的小鸟。我飞快地冲下了楼，紧紧尾随在她们身后，在前楼追上了她。看见是我她会心地笑了。我们互相问候了两句，便一块出了校门。

漫步在落日的余晖下，有种"夕阳无限好，只是近黄昏"的感触。我有好多好多的心里话想对她说，可一时间又不知该讲些什么。也许是怪我太过紧张，也许是碍于她表妹在场，反正许多的心里话我没说出口，不过还好信送到了。

晶儿笑如春风地问我信封里面都装了些什么，我自豪地说：有文学报，有作品校报……

闻听我又发表作品了，她开心地祝贺了我几句，这让我十分高兴。能听到心爱女孩的称赞与夸奖，我觉得比吃蜜还甜。

"如果在成熟时机前强趁时机，你无疑将洒下悔恨的泪滴；但如你一旦把成熟的时机错过，无尽的痛苦将使你终生哭泣。"英国浪漫主义诗人布莱克如此说道。基于上面的原因吧，我才勇敢地向晶儿表白了自己的爱慕之情。我不知道彼此未来的结局会怎样，就算一朝一夕又何妨？

毛主席他老人家说得好："一万年太久，只争朝夕。"

孰对孰错，谁是谁非，或许时间将会是最好的证明。如果这次能与晶儿相知相爱的话，我一定会用一生的真情真意去呵护她、疼爱她。如果不能，那么我唯有真心地祝福她了。

*20*

# 坠入情网

　　如果时光能够重返，当晶儿再次天真地问我什么是爱或者说自己不懂爱时，我一定会用大诗人海涅的诗句来答复她："你问我爱是什么？爱就是笼罩在晨雾中的一颗星。"可惜一切都成定局，人生不能够假设，更不能够重来。

　　美国诗人佛罗斯特在《未走之路》的诗中写道：

　　静静的林子中有两条路

　　两条路有不同的景致

　　我选择一条走了下去

　　回头想想另一条

　　该是一段不同的人生

　　有时候我也在反思，假若当初我不认识晶儿或者说不选择她，而选择蔷薇或另外的女生，最终的结局会不会有所改观呢？

　　这事谁也无法肯定，难怪有人感慨道"人生最难的不是做选择，而是选择了之后做到不后悔"！

　　意中人离开的岁月里我的生活依然无趣。文学社的小报因为发展太快影响过大，校领导出面阻止不让我们办了，说是怕耽搁学习。

所以现在，我除了写写文章、投投稿之外便没有其他事可做了。本来我还想弥补一下学习的，可当我在一本杂志上读到一位作家的话时就彻底醒悟了。大概是这么说的：中学时期搞创作，要想弄出名堂唯有全心投入，文学与学习是不能兼得的。

既然如此，我只能放弃学业了，毕竟在写作上有一番成就的希望相对大些，而我的学习成绩一落千丈，再补也无济于事。

除了4月份在西安那家校园刊物再次发表作品外，接着5月份我又在南方一家报纸上发表了一篇纪实文学，写的是自己办文学社和文学报的艰辛历程。另外，还从语文老师手里接过了一个比较有分量的获奖证书，那是《语文报》举办的全国中学生作文大赛，我有一篇散文获得了三等奖。同时，中国作协鲁迅文学院少年作家班给我寄来了入学通知，说是因为我文学成绩比较突出被他们免试录取了。但是，一来由于是函授，二来由于费用比较贵，我最终并没有交钱参加，白白地错过了这次大好机会。

眼看高二就要结束了，我心急如焚，自己究竟该何去何从呢？即便我上了高三也没有多大意思，肯定是考不上大学的，何必再浪费时光？如果不上学，我去外面打工又是不现实的。正在进退两难之际，省城有家青年文学函授学校给我寄来了入学通知，说是参加他们的文学培训有多少好处，大多都是扯淡的话，唯有推荐上大学与特招这一点吸引了我的眼球。

6月初我特意趁周末去了一趟省城。照着他们给的地址，我终于在一家破旧的小区里找到了那家文学函授学校。他们的华校长亲自出来迎接我，在那两小间办公室里我们一聊就是一个多小时。最后，我草草地交了四十多元钱，报名参加了他们的半年制文学写作班。

中午，我拿着初恋女友丹妮的地址，在省城大街小巷里找个不停，找了好几所铁路之类的中专都不是她就读的学校。经过众多的周折与打听，我最后在一条比较隐蔽的街道上找到了这所学校。

拨通电话，接听电话的刚好是丹妮，我内心十分欣喜。不多会儿，她就穿着黄裙子飘然而至。看着眼前成熟的女孩，我发觉竟有些陌生了，难道真的是彼此的距离越来越远了不成？

找了一家饭店，我们边吃边谈，可寥寥数语后我竟找不到适合的话题了。本来我是想请她出去玩的，可丹妮却冷淡地说："学校正考试，顾不上，而且我们学校规定不准学生晚上外出。"她的话让我感到心碎。

那一夜，我没有地方去，只好去录像厅里看夜场。次日一大早，我就坐车回了县城学校。

整整几天我都寡言少语的，老宪及几个朋友问我怎么了，我苦笑道："失恋了！"

车羽宪乐了，"你还没追到手何来的失恋呢？"

我忙解释道："不是晶儿，是以前初三的女朋友。"

闻听我初三就有女朋友了他们几个开始打趣我，令我哭笑不得。


同桌曾悄悄地问我，"嘿，老兄，你怎么光迷恋那幼师班的女生呢？难道咱班没有美眉吗？"

这个问题其实几个朋友也曾问过我。那时我根本不假思索，就一口否定道："没有！"

而今面对同桌的再次发问，我却语意深沉地说："有，不过都不太适合我。"

他对我的答复竟有些吃惊，非追问我认为哪些姑娘长得好。没法子，我只好如实地分析说："瞧来瞧去，咱班只有两个半女孩还算可以，一个是前面的尖子生娅梅，一个是中间坐着的英鸿，另外半个是同《碧血剑》里大侠夏雪宜妻子重名的温仪。娅梅是一个品学兼优、才貌双全的女孩，尽管她长相不算多么出众，可也挺耐看的；英鸿是一个相貌出众的美人胚子，长得有点像《倚天屠龙记》里的周芷若，只不过个子低了些，且作风有些问题；至于温仪，脸蛋虽不错，可脑袋有些小，又不苗条，所以只能算半个……"

面对我滔滔不绝、眉飞色舞的讲解，同桌听得有些入了迷，他拍手叫好道："不错，有见地，不愧是搞文学的。不过，我不明白你怎么说她们都不适合你呢？"

我笑得有些凄凉道："她们三个当中，其实至少有两个我是愿意同其交往或谈恋爱的，一个是娅梅，一个是英鸿。但是前者学习太好，还是教师子女，我自是不敢妄想高攀啊；后者嘛，已同李豪处起对象了，虽然吹的可能性大些，但我仍不好意思去拆散人家呀！而且我也不想去追名花有主的女孩。"

多年之后我仍对自己的分析赞叹不已。不过我稍微有点后悔的是，自己不该顾及面子而错失追自班女同学的大好时机。真的，当后来我在情感上一败涂地、毫无寄托之时，再想追娅梅或者英鸿早已失去了良机。

爱情的道理同人生的道理果真一样，往往在人生跑道的尽头方能显现，当你明白的时候已经没有实践的机会了。让人感到恼火的是，我最爱犯这种毛病，总觉得自己身边的女孩不是最好的。

让我略感欣慰的是，落寞之时幸好还有远方杨晓玲的书信安抚我，身边尚有华蓉无微不至的关怀。

说到华蓉，我不得不说一下自己过生日时的欢乐时光。那天，几个朋友说凑份子为我祝贺生日，我特意叫上了一个女老乡，让她也顺便叫上华蓉。

送我礼物时，她别出心裁地给了我一张照片，这让我说不出是喜还是忧。生日宴会上我们推杯换盏，玩得好不痛快。坐在我身边的华蓉也笑得如春风一样灿烂，开心极了。

只是任我再怎么寻找，也找不到当初对她的爱慕之感了。曾经深深的爱恋，而今退化得只剩下淡淡的友情，这让我感到难过与痛苦。难道爱情真的只是一时的激情不成？心中困惑的我偷瞄一眼曾经令我神魂颠倒的天使，内心有股莫名的酸楚以及无言的伤感。

再收到晶儿从家乡小学寄来的书信时我的心情才开朗起来，可一打开信件，看到的却是沉重与失望。不知为何，这妮子始终不为我的真情所动，坚定不移地只把我当作朋友对待。

　　无怪乎台湾著名词作者许常德说："全世界只有你不懂我爱你，我给你的不只是好朋友而已。"单纯的晶儿仿佛也是如此，根本不懂我的一片痴心。她把我放在友情的天平上，而我把她放在爱情的天平上，彼此根本不在同一频率，何来的理解与沟通！

　　一晃到了暑假。我顾不上迷恋晶儿了，因为去哪上大学才是我的当务之急。原本我是想找省城那所青年文学函授学校的，可自己在文学上的成就还不是很突出，根本达不到特招的标准。幸好那会儿省城有家民刊的主编同我关系比较好，他来信说愿意推荐我去上一所大学的新闻专业。这消息令我喜出望外，立即乘车去了一趟省城，见到那位老兄后我们细谈了一下入学的情况。


　　千禧年的9月初，经民刊文友的推荐，我终于迈入省城那所名校上了大学。事后我才知道，其实这种学习方式属于自考，平常得很，根本用不着介绍，只要有钱就行。

　　在入学之前我曾找过晶儿两次。第一次是刚放假，我叠了365只千纸鹤，把写的新作夹在一本书里，一并送给了她。当收到满袋的纸鹤与书时，我分明看到了心爱女孩眼里闪动着喜悦和幸福的泪花。

　　我以为，晶儿收下我的东西也就收下了我的一颗心。

　　还有一次是临近上学前，我花一千多元自费为晶儿出版了一本诗集《情为何物》，特意跑到她家送给她，再次感动了她。当然，这也可能只是我自己的猜测。

　　上大学后，我对晶儿的痴恋依然不改，用情有独钟、一往情深来形容一点都不过。阴历十月十五左右，晶儿她们村上有老会，也就是鲁迅先生所说的社戏。那天我特意旷课乘车从省城赶了回去，鼓起勇气拎着一箱健力宝去了她们家。

事隔多年我仍在猜想，当时究竟是什么原因让自己具有如此大的胆量呢？因为长期以来我一直觉得自己是十分羞怯和胆小的，为何在晶儿身上却会出现这么大的反差呢？今天我终于明白了，是真爱让我拥有了无比的决心与勇气。为了心上人，为了一生的幸福，对我而言没有什么是不敢干的。

不过令人遗憾的是，我一腔的热血与满腹的真情虽然感动过晶儿，却没有得到她相应的关爱。正如有位哲人感慨的："人世间最大的罪行，莫过于当别人将希望一次次寄托于你时，你回报他的却是一次次的失望。"

尽管我努力克制自己不要去记恨晶儿，只是压抑再三我还是对她充满了抱怨与不满。在我接连不断的情书进攻下，那个让我着迷的红衣天使终于给我回了信，不过却是一封让我极度伤心的拒绝信。

拒绝就拒绝吧，让我生气的是，这妮子不知是出于什么居心，竟然偏偏不把话说绝，像是故意逗我，说什么"彼此不适合"或"目前不懂爱"，让我弄不明白天使心里究竟是怎么想的。

这期间从南方流传过来一种神龙卡，说是在网上点击后可以赚一大笔钱。听说高中时的几个哥们也不上学了，在县城里租了间房子，办起了该卡的分公司。


大一上学期，我除了同晶儿有过联系外，杨晓玲、华蓉时而也会从远方捎来几句祝福。心情低落之时，我还曾莫名其妙地给转校去县一高上学的章丽写过一封信。让我稍感欣慰的是她也给我回了信，虽然内容不长但挺有意思的，起码不像晶儿那样无情。

为此，激动得我趁着周末特意回了趟县城，到一高去找章丽。一见面我心中大失所望，觉得她没有以前好看了，脸上隐约有些小黑点。自此以后我们再也没有联系过。

有时我也会忍不住骂自己：你这家伙，在文章中说什么从不以貌取人，或者说爱是没有条件的，这净是些骗人的鬼话！为何面对章丽时你心凉了呢？其实，你同那些好色之徒一样，你看重女方的首先还是容貌，其次才是什么气质、内涵、品德！拿你心爱的晶儿姑娘来说，倘若她变成了秃子，脸毁了容，瞎了一只眼，又或者缺胳膊少腿的，你还会口口声声说真的爱她吗？换种方式说，如果不是晶儿长得好看，你会喜欢她吗？你不是说爱情是不讲条件的吗？

看来，任何事都是认真不得的，也是不能刨根问底的。总以为对爱情了如指掌的我，其实根本没有弄懂过什么是真正的爱情，恐怕连什么是爱都没弄明白吧。

外国有位生物学家叫巴甫洛夫，他曾说："任何时候都不要以为你什么都懂，不管别人怎样称赞，你时刻都要有勇气对自己说：我是门外汉！"

而我呢？没等他人恭维自己就先自我感动起来了，得意地称自己是什么爱情专家。可结果呢？连自己最爱的人都追不到手，还如何去说教呢？

当然，一个建筑师再高明，如果让他去垒墙，也不一定比一个泥腿匠砌得好；一个农业学家再专业，如果让他去种地，也不一定比一个普通农民种得好；同理，一个爱情专家再睿智，如果让他去追女孩子，也不一定比一个花心大少追得快。

不过，精通爱情的人至少不会让自己陷入无可救药的爱情深渊里不能自拔。而我，却一次次伤得自己体无完肤，魂不守舍地扎进爱的漩涡里无力上岸。


春节放假，我冒着大雪去异乡找晶儿。那天在她们小学住处吃了饭，临走时她送了我一程。在风雪中，我第一次对她说了许多的知心话。心急的我还唐突地邀请人家到自己家里玩，晶儿冷笑着问我去我家的理由是什么，笨拙的我支支吾吾地讲了几个理由都没能让她满意。这妮子就是让人费疑猜，我始终搞不清她心里究竟是怎么想的。她的表情和话语都让我捉摸不透，不知是原意还是反话。或许正因如此，才导致我的多情与穷追不舍吧。

不知为何，每次去看晶儿，去时总比回时的感觉更强烈，但每次面对她时，却感觉总有说不出的隔阂与顾忌。尽管每次我们坐得都很近，尽管每次我们走路时都并肩而行，可我总觉得她离我好远好远……这不由得让我想起著名诗人泰戈尔的情诗：

世界上最远的距离

不是生与死的距离

而是我站在你的面前

你却不知道我爱你

更可怕的是，我们都有见了面无话可说的感觉，或许这是因为都在顾忌着对方的感受吧。相识一场不易，谁都不忍失去这段宝贵的情谊。

我对晶儿的痴狂与执着朋友们一直不理解，有时我也不明白。书上说："离得越远，思念越近，这便是永远回首的唯一理由。"果真如此吗？

我一脸迷惑，面对无助而又无望的爱情，觉得自己一下子苍老了许多。

*21*

# 泪水飞扬

"不认识你多好，既无痛苦也无烦恼；认识你更好，宁可痛苦也宁可烦恼。"这句话，我不知在信中和文章里对晶儿说过多少遍了。如此富有哲理的妙语，真不知当初是哪位大师想出来的。

在信中晶儿也曾肯定地指出，这句话曾感动过她一阵子，后来不知怎么回事，慢慢地她对我没有感觉了。难不成是我对她太好的缘故？

时至今日，除了只知道晶儿说过"彼此不适合"外，我不清楚自己伟大的爱情到底是败在了什么地方，彼此的问题又出在了哪里。

大雪天我去找晶儿的事回家后就被父母知道了，妈妈不让我再胡来，说如果她来咱家的话可以商量商量，如果不来你就不要再去纠缠人家了。爸爸也责怪我整日偷偷摸摸地和人家的女儿来往，而不敢光明正大地见人家的父母。气得我同二老吵了一架，蒙着头睡起大觉来。

一个假期我都高兴不起来，没有一天不在想念晶儿。除了街上碰到旭儿时我稍微兴奋一下外，其他时候我都是哭丧着脸。经过一番思想斗争，我发觉自己真的是爱上晶儿了，爱得到了不可自拔、无可救药的地步。

"走过路过千万不要错过"，抱着这想法我决定有必要再去见心仪女孩一面。谁知父母从中作梗，主动给晶儿家打了电话，把我们的关系给挑明了，令我的恋情终于摊到了桌面上，无法再遮遮掩掩了。后来晶儿的母亲打来电话，告诉我家人说晶儿一直把我当朋友看待，没有谈恋爱的意思，让我定媒只管定。

那晚我整整哭了一夜，泪浸湿了我的脸庞，浸透了枕巾。这是我平生第一次为女孩放声痛哭。整整一天半我没有起床也没有吃饭，一直在屋里听悲伤的情歌，一直在泪水的浸泡中度过。

元宵节过后，离开学的日子近了，更重要的是离情人节也近了。事先打算好节日送晶儿礼物的计划全泡汤了，我没勇气再在家过情人节。收拾好行李我决定提前去上学。临行的前一天，我还是忍不住去看了一下晶儿。

那天从中午12点我们一直僵持到下午3点，费尽口舌我也没能说服意中人。转身要走时我又止住了脚步，忽想起这一别或许将是永远，即使再见也不知要到何年何月了。另外，我还想起了电视剧《都市放牛》的片段，那个男经理在与女友分手时，提出了"我能吻你一下吗"，当时感动了我许久。谁料想今天我也会有这样的结局？既然如此，我何不也模仿电视剧桥段来做个了断呢？

可惜当我对晶儿表明意图后她低头微声地回绝了。而我仍不甘心，假装对她发牢骚说："你知不知道此刻我真想打你一顿！"

天真的晶儿听后竟然真的背过身对我说："如果打我能解你的气，那你就打我吧！"

闻听此言我心里一热，泪水只想往下流。也不知哪来的勇气，我挺身上前亲了一下晶儿的耳后，她猛地惊呆了，不相信我会这么做。

而我已顾不上去研究她的表情或猜测她的心理，跨步夺门而出，头也不回地向风雪中奔去，一路上泪落如雨。

翌日上午，我乘上了北去省城的列车，透过朦胧的玻璃窗遥望心爱女孩家乡所在的方向，我鼻子一酸，泪水禁不住再次流淌下来，流进嘴里，好苦、好苦。

"若你流泪，湿的总是我的脸；若你悲伤，苦的总是我的心。"每读一遍这句话都令我心痛不已。觉得这偌大的世界，竟然没有一个真正的知音！有谁会为我伤心流泪呢？为何我付出这么多的心血，却得不到相应的回报呢？苍天，你告诉我，最真的心为何往往碰不到最好的人呢？

　　这是2001年的春天，这个春天是一个令人伤感的季节。播种下了爱的种子，收获的却是心酸的苦果。究竟是我付出的方式不对，还是晶儿真的对我没有那种感觉？

　　作家张爱华说："爱只是一种感情，值得怀疑的是它的浓度，产生错误的是它的方式。"照此推断，我在情场上一败涂地，主要还是怪自己表白的方式不恰当。

　　仔细想想也是，因为晶儿曾在信里对我说过，她也曾喜欢过我，初识时也对我有过感觉……可后来，后来我的强烈进攻与紧追不放让她逐渐厌烦了。或许真的是我对她太好了吧，书上不是说"女人总是感觉对自己好的男人最不可靠"。

　　掏出晶儿的照片及曾写给我的信，我有种想把它们统统烧掉的冲动。点了三次我都狠不下心，一看到照片中她那恬静淡淡的笑容，我又怎能狠下心来？

　　春天的景色无论多美好，我都无心欣赏，这世界的喧嚣繁华都与我无关。

　　一时间我没有了学习的兴致，连文学创作的激情也淡去了许多。不过，去年投往南方某报的一篇作品在这个春天里发表了，让我的心里好过了一点。那是一篇抒情带记叙性的爱情美文，是我特意写给旭儿的。如果有机会我一定得给她寄去，让她看一看我心里默默地念着她。

　　走在明媚的阳光下，我却感觉不到春的生机与温暖，心里充满了阴影与伤感。人生总是不尽人意，生活总是不尽完美，现实总是如此残酷，它只给了我们美的一半，而将另一半隐藏起来。它总是赋予我们热情，引诱我们去寻觅，却又往往给我们留下怅然。比如，这人间情爱，千百年来无数哲人圣贤曾下过定义，可谁也没有真正解释清楚，不然，也不会至今仍有人在高呼"问世间情为何物"了。

后来我也曾给晶儿去过一封信，有段话是这么说的："生活不允许我做出许诺，也不会让我有选择的机会，早知是今天这样的结局，我不该轻易扬起爱的风帆。因为我不愿失去你这样的爱人，更不愿失去你这样的朋友。其实，我也清楚以前你之所以不常给我回信，是因为你也不愿伤害我，不愿让我承受失望的痛苦。可是爱情如一团火，一旦燃烧起来是不能自制的……而今，恐怕我们连朋友都不好做了，我真不知该如何面对现实。虽然无缘与你并肩而行，望着你也是一种欣慰……"

无奈，任我再怎么补救也挽不回晶儿的心了。其实，自己又何曾得到过她的心呢？

人倒霉时喝凉水都塞牙，爱情失意的同时我的学业也出现了问题。5月份参加全国自考时，因为我拿的是临时身份证而被监考老师赶了出来。

接二连三的受挫令我万分沮丧。晚上我去录像厅看电影，播放的是港片《没有明天》，主演是刘德华和梁咏琪。故事十分精彩，我觉得情绪稍微缓解了一下，心里寻思着自己有没有明天呢？如果拿不到文凭，我怎么去面对父母，怎么去找工作，怎么去实现人生的价值呢？

这些问题让我感到沉重与为难，命运仿佛一只无形的手，紧紧地攥着每一个人，不知明天会怎么安排我们？

7月放暑假时我打算出版一部诗文合集，回家同父母一商量他们也支持，觉得可能对我以后找工作有帮助。

经过一段时间的寻找，我的作品集最后交由南方某报社编辑负责出版，他们要出一套新作家丛书，价格相对比较低些。

9月初开学时样书寄了回来，尽管印刷得不是很精美，但整体上还算说得过去。为出这本诗文合集，我请大学的班主任帮我题了书名，还请了一位知名青年作家作了序。虽然最后没有收回成本，可出版新书确实为我带来了不少好处，各地许多书院图书馆争先要收藏与展览，在山东一家校园刊物举办的全国性征文大赛中还获得了一等奖。

2001年下半年，心爱女孩晶儿去外地上大学了，这消息多少让我有些惊诧与窃喜。刚出版的诗文合集里，多数文章都是给她写的，送给她一本自然是必须的。因而，我抽了一个周末去了晶儿的学校，把书交给了她。接过书的那一瞬间，晶儿眼里充满了感动的泪花。事实证明，她对我的态度始终是变幻不定，给我的感觉始终是忽远又忽近、忽冷又忽热。

哲学家说："理智使我们不再期待人生的圆满，激情却使我们陷入期待的罗网。"

对照一下自身，我何尝不是如此呢？虽然心仪的女孩一再拒绝并伤害我，虽然我发过无数次毒誓不再找她，可内心深处我的心并未死透，总觉得只要她不结婚自己还是有希望的。也知道人无完人，也知道人生不可能尽如人意，也知道谁也无法把爱情营造得圆满无缺。可是，我虽怀疑过爱情、痛恨过爱情甚至诅咒过爱情，却始终不曾背叛过爱情。

不管别人怎么想怎么说怎么做，我觉得人活一辈子说到底就是为了爱情，就是为了寻找到心灵的归宿。当然，事业也重要，问题在于，你干事业为了什么？你工作挣钱为了什么？你忙忙碌碌又是为了什么？一句话，你是为了家庭为了幸福为了快乐，而这一切唯有爱情和婚姻才是精神的理想归宿。

也不知是我的书感动了晶儿还是她故意折磨我，冷落我多时的她忽又对我十分热情，让我对她那狂热的爱又死而复燃了。

其实今天回想起来，多年以来我之所以一直对晶儿痴心不改是有多方原因的，自己的钟情是一方面，更重要的一点恐怕是因为她的拖泥带水、不温不热。是她有意或无意地给我留了一线希望，才迫使我无怨无悔地痴狂下去。倘若看不到一点希望，恐怕我再傻再痴也不会这么乐此不疲地苦等下去。

又到农历十月十五时正逢双休，我想晶儿一定在家过老会，自己有必要再去一趟。为了谨慎起见，我先打电话问了一下她，她果然笑着说要回家看戏。

得到准确的讯息后我急忙回了家，把我想去找晶儿的念头对父母讲了。当然，在形容时我是竭力夸大或虚构了许多，极力表明我们的爱情是大有希望的。父亲比较开明，他二话没说给了我一百元钱，说尽管花，不要让人家显得咱小气。

于是，我再次不远百里跑到异乡去找晶儿。

那天，我买了一箱健力宝和一箱蜜枣，自认为礼物不轻，便大胆地再度敲开了心爱女孩的家门。

一看是我，晶儿的脸瞬间红了起来，她的表情让我捉摸不透，不知是高兴还是生气。在屋里，我们待了一会儿，聊了几句，觉得十分不自在。后来，我同晶儿一商量，决定一起会上逛逛。

路上我没头没脑地同她闲扯着，沉默的时间多于谈笑的时间。我也不知为什么，自己和其他女孩在一块时有说有笑，气氛十分活跃，唯独同心爱女孩在一起时却不知该说些什么。难怪晶儿不止一次抱怨说同我在一起感觉不到所谓的快乐。


中午时我对晶儿说："咱们不回去吃饭了，就在会上随便吃点吧！"

她一听自是十分欣喜，说那咱到饭馆里去吃烩面吧。我没有意见，便同她并肩而行，去了一家环境还可以的餐馆。

面对面坐着，为了避免尴尬我开始没话找话，除了大谈特谈自己的文学理想和创作计划外，觉得说其他的都毫无意义。当然，我也会偶尔问一下她的学习情况以及校园生活。晶儿还是那么言不由衷，所说的话总让我觉得困惑，不知她话中含有什么更深层的意思。

或许，都是那些励志图书惹的祸，那上面总是说什么女人说话喜欢颠倒，嘴上讲"好"心里却是"坏"，口上是"不"，实则是"是"。就因为这些，把我这个迷信文学的书呆子给彻底搞糊涂了，总喜欢用哲学或理性的视角去考虑和分析问题，去猜测和揣摩心爱女孩的话。

真的，也许诚如晶儿所说的那样，是我把她想象得太过美好了。将一个人神化后，只能给自己造成两种困境：要么遭到拒绝后失望，要么得到后更失望。

这第二次登门示爱，我得到的依然是失望。晶儿的态度依然不冷不热，让人摸不着头脑，不知是该罢手还是继续痴情到底。或许换成别人早就会知趣地放弃或勇敢地问个结果了，可我不敢，或者说是不想吧。因为我怕，怕一旦心爱女孩真的再一次对自己说没感觉，那么我伟大的爱情梦就彻底变为泡影了。

我太担心失去她了，这种担心让我宁愿活在虚幻的想象或不真实的梦境里，也不愿活在残酷、冰冷的现实里。虽说这种做法从长远来看对我的人生有着极大的伤害与打击，因为感情付出的越多越不想罢手，而到最后也只能是让人更加失望痛苦。但是，它暂时让我有了继续走下去的理由。如果没有这份不肯定爱情的激励，恐怕我会失去对生活、对学业以及对文学的兴趣，甚至连活下去的兴趣也会丧失。

也就是在10月份吧，我曾在《青少年文萃》上发表了一首情诗《门与生活》，是专门为晶儿作的，或许这诗更能恰当地形容我们二人当时的关系状态：

门掩着

你守在里面

我守在外面

彼此都想相见

可又不想让对方看穿

相互固执地等待着

看谁先打开这扇门

自己却不愿主动上前

或许这就是生活

一半甜　一半苦

一半憧憬　一半考验

既渴望理解

又顾及自己的虚荣尊严

直到今天我才发觉自己错了。不知为什么，在谈及同晶儿的感情经历时，我总会一厢情愿地把往事美化，把心爱女孩对自己的拒绝想象成考验，把她的冷漠推脱成内向，把她的伤害镀金成苦衷。

为什么会产生这么荒唐可笑、自欺欺人的心理呢？或许我是害怕吧，害怕多年以来自己竟然一直都是在单恋着别人，而别人从没有爱过我。这是我无论如何也不愿意相信的事实，更是一向自视清高的我不能接受的耻辱。

可惜，一向睿智的我却没有弄懂爱情的真谛，甚至连"长痛不如短痛"这个基本的处世原则都没搞懂过。文学大师莎士比亚说过："最有把握的希望往往结果是失望，最少希望的事情反而会意外地成功。"或许我一开始认识晶儿时就抱了太大的希望，总以为自己如何如何了不起，总以为她一定会喜欢上我的。但我忘了一点，欣赏不等于喜欢，更不等于爱。

没办法，人是逐渐成熟起来的，不经历现实的磕磕碰碰我们是无法长大的。

*22*

# 痛彻心扉

2002年的春天，我还有过几次小兴奋。因为在家时，我不仅遇见了暗恋的女孩旭儿，还遇见了久别的老同学华蓉，更重要的是听到了心爱女孩晶儿的声音。虽然是我主动给她打的电话，可电话里她的柔声细语一下子就安抚了我受伤的心。

欧阳修曰："泪眼问花花不语，乱红飞过秋千去。"对此诗我虽然是一知半解但有着说不出的喜欢，觉得它仿佛道出了自己的心事。

我对于晶儿就是这样，泪眼问她她不出声，等多年以后都失去了才悔之晚矣。反正不论现实再怎么不乐观，我内的心深处还是坚定地认为她对我也是有意思的，只不过她太内向了，一直压抑自己的情感，所以才一再回绝我伤害我，这只不过是对我的一种考验罢了。而且我一直顽固地认为，晶儿如果错过我这么优秀的男孩，一定会痛哭流涕地后悔的。为了防止这种悲剧发生在她身上，我一定要坚持对她的追求，这不仅是对自己负责，更是对所爱之人负责。

大年初二那晚，我也不知哪来的勇气，竟然壮着胆子去了同村伙伴旭儿家。或许纯属意外吧，正当我在她家门前犹豫着要不要进去时，有一个同村的女孩也来找旭儿，弄得我一时没办法只好硬着头皮跟她一同进了旭儿的家。

再次见到自己最初暗恋的天使，我的心一下子凉了许多，旭儿的长发变成了碎发，她本来质朴素丽的装扮也变得时髦前卫起来，曾经纯真秀气的脸庞也变得妖艳了。

我虽然表面上同她们有说有笑，可心里的悲哀与失落却无以言表。不过我还是自作多情地幻想着，倘若最初暗恋的女孩旭儿现在说要同我谈恋爱，我肯定还是百分之百地愿意。或许此刻在我心里，这世上真正让我痴心不改的天使也就只剩下晶儿与旭儿了吧。

那晚我还挺幸运的，同村的女孩在问旭儿的电话时一连五六遍都没有记清，而一旁的我也趁此机会把旭儿的手机号记在了心间。

正月十五一过我便回了省城学校，尽管不再报自考了，可我还得去找个报社实习。有个女老乡在团省委青年报工作，经过她的帮忙引荐我进了该报的新闻周刊部，打算开始三个月的实习工作。

因为省青年报的发行靠的是内部订阅，所以销量不是太好，其影响力也是很有限的。据说，在全国的青年报刊当中，我们省的青年报排名是最靠后的了。

平常在编辑部里，除了校对一下错别字或打扫一下卫生外我几乎没干过别的，只在副刊栏目发表过一首小诗。我越想越别扭，这也算实习吗？连一次采访都没有经历过，回去跟同学们讲非让人笑掉大牙不可。

鼓足勇气，我把自己想采访的意图告诉了一个比我大三四岁的年轻老师陶记者。他笑笑说，这好办，下期咱报上准备开辟一个关于大学生上网的话题，你不如就去各校调查一下吧，然后写个消息帮你发了。

我忧心忡忡地问："我没有采访证，甚至连通讯员证都没有，怎么采访呢？"

陶记者思索一下说："这样吧，你上网找点东西，再简单地问一下自己身边的学友，凭自己的联想写一篇新闻稿吧，相信以你的才华与见识肯定是小菜一碟！"

后来，果然没有出这位年轻老师所料，没费多大周折我就凭空制造出了一篇新闻稿:《大学生上网不容乐观》。还别说,编辑看后连连称赞我写得好。

私下里我暗自发笑,原来中国的新闻就是这么诞生的啊,当记者如此容易,太没意思了。

其实春节回来之后,我同朋友暗地里办过一份民间小报,地址就挂在我们学校。即使去省青年报实习时,我还偷偷地搞着自己的文学事业。当然,我也曾把报纸送给过报社里的一些人,那时我很得意,觉得自己是一个文学才子,前途一片光明。

报社的实习结束后我离开了省青年报,因为不再报考了也就没心情学习,干脆一心扑到了办民间小报上。在第三期报纸上,我特意把心爱女孩晶儿的相片刊登了上去,并附了一篇自己写给她的文章。6月初,我买了块手表,并带着自己办的小报以及刊有自己情诗的杂志前往异乡找晶儿。

在校园小路上,我迎着天使那神秘莫测的眼光,我本能的羞怯掩饰不住内心的狂喜。并非我天生自卑,也不是我害怕什么,只是觉得心爱女孩那淡淡的笑容与忧郁的眼神,扰得我不由自主地意乱情迷。没见面之前,我总感觉心里有好多好多的话想对晶儿倾诉,而今真的见了面却忽然又不知该说些什么了。

顺着城市的护城河我们边走边聊,不善言辞的我总有言穷意尽的感觉,沉默的尴尬场面不时地出现在彼此之间。当我把礼物递给晶儿时,她只收下了报纸与杂志,对我送的手表拒不接受。

傻傻的我一时性急,非追问人家为什么不收手表,无奈之下晶儿淡淡地告诉我:“不收你的礼物是因为你书上写过的一句话。”

这让我深感奇怪,可当时怎么想也没想起来自己在书中到底写过一句什么话。尤其可恨的是,晶儿竟然还拿“已有男朋友”来搪塞我,这令我感到失望和恼火,一怒之下,我甩手把六十多元买来的手表扔进了护城河。

一旁的天使看到后脸色立马难看起来,可我一点也不在乎,既然是没有希望了,干脆把关系弄僵弄得没有余地算了,省得自己对她的心始终悬在空中,自找罪受。

这次见面最终不欢而散，临走时我咬着牙没有再回头。一路上，我心事沉沉地不断回忆，越想越觉得委屈难过。

返回省城后，我特意翻了一下自己曾出版的诗文集，找到了晶儿所说的那篇文章的那句话："为什么，为什么你愿意接受我的礼物而不愿接受我的真爱呢？若上天再给我一次机会，我宁愿你接受我的真爱而不是小小的礼物，假若两者只能选其一的话。"

上天，你看看，这能怪我自作多情吗？这能怪我死缠烂打吗？

任谁读完这段文字都会往好的方面去想：是不是天使在暗示我已经接受我的真爱了呢？

因此，这让我刚刚沉沦的心再次起了去弥补的想法，尽管只是一线微弱的希望，却让我产生了在茫茫的大海里抓住一根救命稻草一样的兴奋与激动。

那时，父母托亲戚已经在阳城为我联系好了工作单位，就等毕业后去上岗了。可是，我根本就没有参加自学考试，如何拿到毕业证书呢？

不过，我还不能跟家里人说自己没交钱没考试是因为没身份证，我只能编谎说自考不好过，需要好几年才能拿到文凭。父亲也相信，毕竟他接触过不少人，对自考的难度也略知一二。母亲发愁地问我怎么办，无奈之下我只好说：只能办一个假文凭了，暂时蒙混过去再说。

家里人觉得除此之外别无他法，也只能听我的了。


7月中旬时突然传来一个坏消息，爷爷得了癌症，这当头一棒令我是悲痛欲绝。当然，家里人还瞒着爷爷，怕他知道了会伤心。爷爷来省城看病时，我已经收拾好东西准备同家人一起回去。

临行前，我给在老家市里大企业工作的旭儿打了个电话，一听是我的声音她十分惊奇，问我是怎么知道她的手机号的。我笑着说春节时你讲给人家时我无意中听到记住的。她略有点感动地说："难得你有如此好的记性，难得你这么挂念我，我好感动。"

当听说我为她写了几篇文章发表时，旭儿兴奋地非让我给她寄去一份看看。这正中我的下怀，问清楚她的地址后，我当天就去邮局把自己出的书以及以前发表过的文章样报全都为念念不忘的心爱女神邮去了。

在家的日子我天天都陪着爷爷，坐在他的身边不忍离开一步。想想爷爷今年才74岁，竟然得了这种绝症，上天你说这是为什么呀？难道真的是好人不长寿吗？我心中的痛已经无法用文字来形容了。

我们家一共有六口人，最亲我的人恐怕就是爷爷了。从小到大，他对我都是百依百顺，从不让我手头缺钱。一直以来我都有个梦想，那就是工作以后有钱了一定要好好孝敬爷爷，让他老人家去大城市风风光光地生活。到那时，我要多给他买些戏剧片，让他天天欣赏名角的演出。可惜，这美好的愿望恐怕很难成真了。

不过，我内心还抱着一丝幻想：听说现代科技先进了，医学也很发达，相信癌症是可以治愈的。同时我相信精神治疗，觉得一个人只要调节好心理，思想状态好，是可以同病魔做斗争的，起码能延缓病情多活一些时日。

8月初，拿着办好的假毕业证，我忧心忡忡地去了阳城一家企业报。当然，不可能一开始就转正，因此第一年是见习阶段，用不着瞧毕业证，这多少让我的心安稳了一些。毕竟是搞文学的，加上学过新闻课程，我对记者的工作并不十分担心，多少还有些得心应手的感觉。

没过多久父亲打来电话，说爷爷的病情一天天在恶化，让我提前做好心理准备，而且问我女朋友的事谈得怎么样了，最好能尽快领回去让爷爷瞧瞧，不然，恐怕时日不多了……

那一刻我心急如焚，既为爷爷的病情，又为恋情之事。我曾看过一本作家出版社出的长篇小说《寻找爱人》，其结尾处写的就是主人公在奶奶垂死时，领了一个假女朋友回去以了却老人的心愿。虽然我不喜欢看当代长篇小说，可这部书竟深深地吸引了我。作者写得太好了，正符合我此时的处境，觉得我也可以模仿一下。

考虑了一夜，我给好久没联系过的晶儿打了个电话，在说明爷爷的病情之后提出让她冒充一下我的女友，回去安慰一下老人。没想到她竟然满口答应了。我大喜过望，激动得无法形容。那时她们大学还未开学，晶儿正在县城她大姨家住。于是，我们约好这周六一块去我家。

在约定日期之前的那个晚上我连夜赶回了县城，住在了朋友那里。我找出晶儿姨家的电话号码给心爱女孩打了过去，约好周六上午八点半在她姨家门前不远的路口会面。她自是欣喜地答应了，这让我对她充满了感激之情。

不料命运总是爱捉弄人，第二天我傻傻地站在约定好的地点等待晶儿时一直不见她的踪影，熬到10点多时我再也控制不住内心的愤怒忍不住诅咒了她几句，便气呼呼地乘车回了报社。

在路上，窗外门店里响起了张柏芝那首经典的歌曲《星语心愿》，或许这是上天特意为我这个伤心人播放的音乐吧。

事情往往就是如此奇妙，错过一次，有时就错过了一生。

周三中午，我正在住处休息，忽然亲戚来告诉我："你父亲打来电话让我转告你一声，你爷爷今天清早病逝了……"

这消息犹如一声惊雷令我当场呆若木鸡，半天才缓过神来，泪水早已忍不住流了下来。本来，我还幻想着这几天再跟其他老同学联系一下，看看找个合适的人冒充我的女友回家安慰一下爷爷，谁知还没等我行动就传来爷爷去世的噩耗。

之后我跟报社领导请了一天假，急匆匆地赶回了家。一进屋门，看到堂屋当中水晶棺里的爷爷我一下子扑了过去，失声痛哭起来。

曾经我有种无知的想法，觉得死人时哭哭闹闹的有损形象，而今我再也没有这个歪念了。觉得即使让我哭个三天三夜，也不能表达我心中对爷爷的怀念与敬爱之情。

那天我突发奇想，觉得应该用这水晶棺把爷爷保存起来，哪怕不能存放一生也要存放到我结婚为止。我要让我未来的妻子瞧一瞧自己亲爱的爷爷，也让他老人家瞧一眼他的孙媳妇。

当我把自己幼稚的想法告诉母亲时，她难过地劝慰我不要胡思乱想，那是不可能的。我固执地说："怎么不可能呢？毛主席他老人家就能放在水晶棺里永远受人敬重，为什么我不能把爷爷也放在这里保存几年呢？"母亲一听脸色发青地说："傻孩子呀，你知不知道这水晶棺租一天多少钱？好几百呢！你爸为了你爷爷能体面地离开一连租了两三天，如果租几年能掏得起那么多钱吗？再者说，在农村人死后都是入土为安，你难道想让你爷爷永远不得安宁吗？"

我一时语塞，虽然心有不甘但也无能为力，毕竟自己刚刚参加工作，还挣不来那么多钱。

爷爷去世后的日子里我的心情十分低落，甚至觉得活着也没多大意思。虽然我在文学上又取得了一些成就，尤其9月份省作协还为我颁发了会员证，但这种惊喜很快就便被失意吞没了。

对于心爱的女孩晶儿，我刚拾起的一丝信心又被她无情的失约给扼杀掉了。

"对你说再多也不会懂，心再痛又能做什么，守住你的承诺太傻……"听着巫启贤的《太傻》我对自己说忘记她吧，我要像书上说的那样：请你找一个值得爱的人去爱，让那些爱慕虚荣的、见异思迁的、虚有其表的、够不上了解你的思想感情和人格的人，去找她志同道合的伴侣去吧！

为了让自己死心，我流着泪给心爱女孩写了一封最后的情书。

晶儿：

话已说尽，该做的亦做够！冷静地反思回想这么久，我发现自己确实走错了，可惜却已不能回头，只因未来的路我已走得太远、太远……

可这次回县城的打击却让我终生难忘。我并不怨你使我遭受耻辱，再多的委屈我也可以承受，但亲人的命却只有一条，是什么也无法换回的……

祝　快乐如昔

断肠人：王名扬

2002年9月

*23*

# 难以自拔

不知哪位名人说过："如果有一道风景是你心中最美、最好的，那么请你千万不要走近它，更不要走进去。"而对于我来说，也许最大的不明智就在于：一遇到心爱的女孩晶儿，就把她视为自己人生中最美丽、最独特的风景，不假思索地追求起来，不仅走近了她，更糊里糊涂地走进了她的世界。

原以为我下定了决心就不会再回头，原以为时间可以淡忘一切，谁知那思念的线时刻将心爱女孩同自己紧紧系在一起。不知从何时开始，岁月被我这淡淡的相思染成了冷静的孤独，时常望着那黄昏的落日想象"暝色入高楼"的悲愁，时常听着窗外淋淋的细雨陪"独自守着窗儿"的李清照流泪，又时常怅怅地发出"无人会、登临意"的感慨。

总有些想忘却又不能忘的故事，总有些虽努力却未成功的遗憾……儒者教人立志，道家教人逍遥，佛门教人破执，然红尘俗世，人生无常，又怎一个恨字了得？

一晃又是一年，2003年的春天还是一个欣欣向荣的季节。尤其进入三月以后，天气更好。不过谁也没想到，如此好的景色背后竟然暗藏着杀机与灾难。

这半年多的时间，我一直不断地克制和压抑自己的情感，未曾与晶儿联系。时间的冲洗并未使我的爱意淡化，反而抹去了我对她的憎恨与抱怨。

心里发慌时我就租小说看。在古龙的书里我读到一首情诗，让我的心再度起了波澜。诗的题目记得好似是《刀里的情仇》，内容是这么写的：

何必多情？何必痴情？

花若多情，也早凋零。

人若多情，憔悴憔悴。

人在天涯，何妨憔悴？

酒入金樽，何妨沉醉？

醉眼看别人成双成对，

也胜过无人处暗弹相思泪。

花木纵无情，迟早也凋零。

无情的人，也总有一日憔悴。

人若无情，活着还有何滋味？

纵然在无人处暗弹相思泪，

也总比无泪可流好几倍！

思想斗争了几天，我去省城办事回来的路上，路过晶儿所在的城市时忍不住去大学找了她。往她们宿舍打电话时室友说她回家了，我又给她打了传呼，她回电话跟我聊了一会儿，说不能赶回让我下次再来。我有点失望，不过更多的还是莫名的兴奋与喜悦，回报社的路上我便考虑着下周是否立马杀将过来。

仅仅七天我觉得仿佛比七个月还要漫长，终于到了周六，一脸自信的我换好衣服，背上相机，志气满满地去了晶儿所在的城市。

到达时天色已晚，我暂时留在一个小县城的文学朋友那里，打算周日再去找晶儿。晚上我再往她们宿舍打电话时，一个说"不认识这个人"，另一个说"回家了"。上周回家这周又回家？她们的话让我心生疑惑，寻思着明天去看个究竟。

尽管第二天天气不好，可我还是义无反顾地去找晶儿。到了以后打电话一问，她们宿舍里的人给我的答复跟昨晚如出一辙。无奈之下我只好给晶儿打传呼："如果你不愿见我，请在我的传呼上留个言。"

　　不一会儿她也给我回了传呼："我现在在家，不能去学校。"

　　为了确定事实真相我给传呼台打了电话，得知对方用的是本地手机，那一刻我的心冰凉冰凉的。

　　哀莫大于心死，心死了躯体也就失去了活力。失魂落魄的我在大街上游荡，心情万分悲伤，临走时忍不住为晶儿留了话："你用本地手机打传呼说明你还在学校。其实你大可不必这样，我这次来就是为找一个放弃的借口。我知道该是离去的时候了，今后我永远不会再来打扰你了，请保重！"


　　回到报社后，我整天处在彷徨忧虑的漩涡里不能自拔，感觉情绪极度不稳定，如果再不想办法补救非崩溃不可。好友小黄劝我想开些，干脆在这找个女友得了。

　　其实不止他一个人这么劝我，父母及亲戚也经常这样说我，夫妻二人还是在同一个地方比较好，不如在阳城找个门当户对的算了……而我总是不甘心，也死不了心，觉得努力这么久付出这么多，放弃了实在可惜。

　　忍受不住相思的煎熬，我在没抱一丝希望的情况下给晶儿发了个短信："想你在每一天，如果你记得我请给我回个电话。"

　　出人意料的是她竟真的给我打了电话，电话里说："我上周确实回了家，与学友一起帮学校作招生宣传。另外那个宿舍的一个女孩确实不认识我……"印象中这是认识三年来她第一次主动给我打电话，令我感动了好久，又重新点燃了心中的爱火。

　　又是一个周末，我要去省城办事，更重要的是想找我的心爱女孩。周五上午我就乘车出发了，赶到她们学校时还不到十点半。在晶儿的传呼上我留了言："现在我在校门口，放学时请出来。"

毕竟她正在上课，我不想让她分心。可出人意料的是，天使竟然拎着袋子一脸微笑地从教学楼里走了出来。那一瞬间，我感动得直想流泪。

　　彼此没有多说客气话，我们相视一笑，便随她一起去复印材料。之后晶儿问我怎么办，我轻松地说："你先回去上课吧，我在这里等你。"

　　她淡淡地笑了笑，瞟了我一眼就走了。

　　晶儿放学后我们一起去吃饭，她想往食堂走，我一把拉住她说："不用了，走，咱们去外面吃！"

　　羞涩的她摆脱我的手，不知真生气还是假生气地绷着脸跟我出了校门。

　　"吃什么呀？"晶儿边走边问。我一指前面的黑菜面馆说："那环境比较好，不如我们去那里吧。"

　　望了望装饰豪华的饭店她轻声问道："这里的东西是不是很贵呀？"

　　我淡然一笑："不会有多贵，只要你喜欢就成！"

　　坐好后，我问她想吃什么。她想了想说："大米饭怎么样？"

　　我说当然没问题。我们叫了两份米饭，又点了两个热菜。本来我想多点几个的，可晶儿死活不让。由此不难看出，晶儿确实是个好姑娘，懂得勤俭节约，为别人着想。

　　吃过饭后我们顺着护城河散步。亲昵的话语我仍不敢多说一句，甚至连内心的喜欢、想念之语都不敢说。不过我跟晶儿倾诉了自己为她做过的痴情举动。在谈到前年愚人节受白眼时，她笑哈哈地说都怪我当时太笨了；谈到去年8月份去县城她姨家找她一事时，她说都怪我当时没说清楚没有再给她打电话……唉，反正怎么说她都有理。

　　看看时间不早了，我们慢慢地往回走，因为下午她还要上课，况且晶儿还要准备回家。

　　在学校大门口我们挥手告别，本来我想同她握一下手的，想想又作罢，怕刚建立起的一点好感被破坏掉。著名散文家王幅明说："爱有时也会出现这种境界：完全消除了肉体的欲望，片刻的凝视成为人生中的至善圣境。他甚至觉得用手碰一碰心爱的人，都是对她的不敬与玷污。"或许我也有此心理吧！尽管我不是个完美主义者，却多少受到柏拉图式恋爱的影响。这也是我认识心爱女孩多年来，总不敢去碰她甚至连手都不敢去握的真正原因。

在省城的这一天多我都闷闷不乐，恨自己太过怯懦，如此好的良机竟然没有对晶儿说一句"我爱你"或"喜欢你"。周六晚上，按捺不住相思的煎熬我给晶儿打了个电话，向她说出了"我真的好喜欢你"的心声。晶儿一听马上回道："你知不知道我很烦听你说这句话！"紧接着她又问我还有没有别的事，我心满意足地笑着说"没有了、祝福你"便挂了线。

夜里我睡不着，披衣坐在朋友桌前写了一封长达九页的情书，边写边流泪，我被自己的真情实意感动得一塌糊涂，直到深夜两点多才住笔。

次日上午我去买了两本书，路过晶儿学校时想亲手把书信交给她。下午四点多我来到了她们学校，一打电话室友告诉我说她还没有来。我琢磨着傻等也不是办法，就把情书夹在一本书里交给了她们班的一位女同学，并在传呼上给晶儿留了言。

返回报社的路上我思潮翻滚，禁不住自作多情起来，觉得跟晶儿的发展有了好转、有了突破。我以为自己期待已久的伟大爱情终于来临了，几年的苦苦追求与守候也算是没有白熬。

谁知"非典"如瘟疫一样在此时冒了出来，一下子打乱了我的计划。这突如其来的灾难令我懊恼不已，恨苍天不长眼，让我一下子失去了同晶儿一块照相的最佳时机，失去了彼此继续培养感情的机会。

不过好友小黄参谋说："没关系，你正好可以趁此良机去关心人家嘛！"他的话让我眉开眼笑起来，心里不再那么发毛了。


又是一个周末，我照样痴情地去外地找晶儿，尽管"非典"期间规定不让人四处乱跑，但纵使隔着大门见她一面我心里也觉得幸福。

有意思的是，那天我为晶儿带了预防"非典"的中药，装了两本有关情感方面的书，还特意买了瓶抑菌的洗面奶。到了地方我给晶儿的传呼留言，不一会儿穿着黑色毛衣笑容可掬的晶儿就出现在了学校的大门前。能看到她的笑、听到她的问候我的心如沐春风，觉得即使上刀山下火海也值得。

当她一一接过我为她准备的礼物时，晶儿的表情十分温柔，分明掩饰不住内心的激动。我以为晶儿终于被自己的痴爱打动了，属于我们的幸福终于要来了。

当在书店里读到畅销书作家吴若权的新著《爱情，最幸福的信仰》时，我被里面的故事《摘星》深深地感动了。一口气读了三遍后我毫不犹豫地买了下来，觉得有必要让晶儿看一看，只因它的情节与我们俩太相似了。当然，不是所有的内容都适合她看，为了防止起到负面作用，我特意把那不利的一页撕了下来，附上一篇为她写的心灵感悟，挂号寄了出去。

过了几天后，为了确定一下晶儿有没有收到书我给她一连打了好几个电话，可让我难过的是，她的室友不冷不热地说："人家不想接你的电话，难道你还不知道是啥意思？"

她的话把我给彻底搞蒙了，啥意思？难道晶儿又有变动，还是又要准备折磨或考验我？不肯定的感觉如幽灵一样再次涌上我的心头，刚刚拾起的一点自信一下子又从山顶跌进了低谷当中。

甚感委屈伤心的我，没头没脑地给晶儿在传呼上留了言："爱情带给我的压力实在太大，我害怕自己等不到花开的那一天，也许你的幸福真的不是我所能给予的，既然如此我只能祝你幸福！"

晚上又是一个不眠夜。冷静地分析好久，我觉得晶儿不是这种反复无常的人，心里对自己说："爱她就一定要相信她！"

第二天中午我又忍不住给她在传呼上留言："如果你真的为我着想，就应该给我回个电话，不管是喜还是悲我都会默默承受的。别再折磨最爱你的男孩了，好吗？"

果然没多久，我就收到了晶儿的电话，抱歉地说我打电话时她确实不在！

我甜蜜地笑了，问她收到东西没有？她愉快地说收到了。当问起《摘星》一文怎样时，她毫不掩饰地说："很好看耶！挺感动人的。"最后她告诉我她已给我写了回信，可能这两天就会收到。

正在兴头上的我，根本没顾上问人家信的内容就跟她聊了出新书的事。这一夜我又是难以成眠，不过这次是太兴奋造成的。我多情地认为，我同晶儿的爱情故事终于要开始了，自己的幸福终于要降临了。

*24*

# 狠不下心

在感情上我永远是一个弱智，尽管曾经口口声声自诩"情诗王子""情感专家"，但那些只是理论层面上的，一接触到现实便不堪一击。

老天真是喜欢同我开玩笑，而且不止一次。我那期盼已久的真爱，最终还是空欢喜一场。红衣天使一而再再而三地伤害了我那颗脆弱的心。

难道是上帝以为我这人太老实，常常喜欢愚弄和欺负我不成？我无法言说，当时的心情写在了日记里：

等候已久的来信终于到了，不料却是一张"死刑判决书"——你对我没感觉。握着你亲笔写的信站在风中，本来就憔悴不堪的我显得更加孤单与消瘦。心痛的感觉达到了无以复加的地步，有种欲哭无泪、欲罢不能的极度绝望感。一瞬间大脑一片空白，麻木、哀伤……

本以为属于我们的幸福就要开始了，本以为多年的期盼就要实现了，却不料命运竟是如此变幻无常：总是在人绝望之时给予希望、自信时给予打击、看到曙光时给予一片黑暗。刚刚拾起一点信心的我，一下子又从山巅跌进了万丈深渊之中。曾经以为不论现实再怎么残酷、你再怎么拒绝并伤害我，我都不会放弃手中的爱，因为我明白至少还有梦。可是如今，连仅有的一丝梦想也破灭了，我该用什么来安慰自己这颗七零八碎的心呢？面对你无情的情书，我终于意识到：人世间有许多遗憾，并不是人力能够挽回的，有时候并不是你说不放手就不放手……

这突如其来的打击令我一蹶不振，没有了采访、交友甚至看书的兴趣，也没有了各种应酬的心思。不过唯一让我略感安慰的是，我许多优秀的作品正是在此时有感而发写出来的。

坐在报社电脑桌前，我流着泪把自己多日来写成的文章打印成铅字，这些全是受伤后为晶儿写的，是自己对这段感情的分析与感悟。如在《梦碎心死情难灭》里，我写道：

一直以来，我从未想到过死亡，总以为那是多么荒唐可笑、遥遥无期的事，总觉得生活就是再怎么不如意、人生再怎么不顺利自己也不会想到死，更不会想去死。可是，心仪女孩的最终坦言打碎了我期待已久的梦，我这才发现自己以往之所以从未想到过死，更未想到过自杀，是因为心中至少还有梦啊！而今梦碎了、心死了，躯体活着还有什么意思？除了不愿令亲人伤心外，我已找不到对自己而言活着最合理的理由了……

"爱的极限是什么？爱的极限是——天空。当你伸手要触摸它时，觉得遥不可及。唯有不停地继续仰望，才会发现它离你越来越接近。"吴若权说。我也想继续不停仰望，只是，我已找不到继续走下去的理由。我爱你，你却不爱我。在铁的事实面前，我清楚许多事不是一厢情愿的，也不是单方努力就能挽回的。我已不再抱任何感动你的念头，因为我很清楚：没有感情的人是永远不懂感动的……我知道，是你拒绝了我、伤透了我、永远地离开了我，我不会再去寻找什么真爱了！要找也只能随便找一个伴侣陪自己度过余生算了，因为我已对爱情彻底心灰意冷。我实在想象不出，像你这么清纯、善良、温柔、可爱的天使尚且如此，这世上还有值得我去寻觅的精神爱侣吗？更重要的是，我突然发觉自己是一个彻彻底底一无是处且又苛求完美的人，像这样的男孩会有女孩子去爱他吗？

当我用缱绻缠绵的文字不惜笔墨地描述自己的爱情如何伟大的时候，我感到自己是多么幼稚可笑，甚至是可悲可怜。当我清醒地意识到自己穷其一生所追求的真爱就这么轻而易举地破灭时，我才真正地意识到了一个令我羞愧难当的事实：那就是这么多年来自己一直只是个感情乞儿，一直没有遇到一个真心实意爱我的女孩。这是一向自命清高的我很难接受又不得不接受的残酷现实。曾经乃至现在，我一直被自己的真爱感动着，一直不明白自诩坚强的我为何会因感情的事经常哭泣，此刻我终于明白了："你流泪，你感动，只因为你爱上了自己的故事。"或许真是这样吧！我这么不厌其烦地反复赘述自己对你的爱恋、对你的真情，不是爱上了自己的故事又是什么？

　　……

　　在另一篇《千古情人独我痴》里，我更是把自己的爱情写得凄惨美丽。此文十分感人，后来还在南京某杂志举办的全国性青春写作征文里获得了奖项。

　　"一场幽梦同谁近，千古情人独我痴；身位有余望缩手，眼前无路想回头。"吟诵着《红楼梦》里的这首诗，我已无痛、无悲、无喜、无伤亦无忧了。心死的人，躯体已失去了活力，也无所谓什么七情六欲、喜怒哀乐。只是，爱你的信仰我却永远不会动摇，更不会麻木或消失。倘若千年以来世上只有一个狂热的钟情者，那么我肯定会毫不犹豫承担起"千古情人独我痴"的悲名……

　　"人的一生，有很多种活法，你不可以一直都生活在痛苦之中。"你的话没错，人生是有很多活法，每一个选择都是一种。但是别忘了，再怎么丰富的人生也只能是一种活法。因为一时的选择，就代表着一生的决定。我们只有在这个活法中想方设法地寻找幸福，而不能再改变这种活法。曾经一直不明白自己为何总生活在痛苦之中，现在我终于从作家张爱华嘴里知道了："对悲剧知道太多，人就不容易快乐。"想想也是，我一直沉醉在徐志摩、普希金的凄美经典故事里，根本不存在快乐基因的病体，又怎能生出快乐之容呢？我多想借你爱的因子，帮我驱走心头不快的基因。可是，我又是多么不忍把自己的痛苦强加进你的快乐当中。再者说，我也不知道你愿不愿伸出你那双温柔的玉手，为我挥走心头尘封已久的愁云。

温情对我来说已是十分陌生而又遥远的事了，只不过我仍在痴痴奢望传说中的幸福，或许这是我比朋友冯昭更无可救药、更病入膏肓的最佳见证吧！"多情"虽说已是文人的一种通病，但我仍要成为众多文人中最为痴狂的一个。"千古情人独我痴"这句佳话不应该只是传说，我要亲手创造这个传奇，让人间痴情之爱继续流传下去。在为你着想的同时，或许我多少也有为文学、为爱情即为人类伟大的事业着想的念头吧……

一篇文章中有这样的说法："她对你的认识决定了你们的缘分，或长或短、或真或假原来都是注定的。这也是许多真相要很久以后才能知道的原因。"其实我也很清楚，有时候一个人只有当她找到真正的归宿后才知道自己想要的是什么。可是天使，我担心你错过我之后找到的并不是真正理想的归宿，这就是我一直不肯罢手、一直痴心到底的一个原因。当然，这种想法在你看来可能是多余的甚至是毫无意义的，很可能又会被当成自作多情的借口。只是，我无法控制自己不这么做。原谅我，渴望爱与被爱，是我生命唯一的死穴。今生如果不能拥有一份自己渴望的真爱，我的生活只能是荒芜一片。我是个重感情的人，不论是爱还是伤痕，都难免要比别人的更深……

真的，除了你没有人能改变我未来的命运，包括我自己。只是我又明白：你不会为了我的幸福而拿自己一生的命运开玩笑。尽管我不止一次说过你温柔、善良，可你毕竟不是圣人。

反复赘述自己的痴爱我已感到有点厌倦了，可又停不下自己倾诉的笔。因为如果连这个宣泄的方式都没有了，那我活着真的就没有一点意义了，也根本无需在这个世界上逗留。吴淡如曾悲观地感慨道："轻轻说爱，除了天空无人倾听我的心；轻轻说爱，在我们死前无人明白。"我之所以还痛苦地活着，或许只是基于一点幻想：要用文字记下自己在这人间最后的痴情故事，供后人阅读。既然生前没人理解我的爱，死后总该会有吧！毕竟先人凡·高已让我看到了希望，他的画就是在去世后才值钱的，我希望我的爱在我死后也能感人。

这一生我只会真心地爱你这一个女孩，这一生我也只会为你写下一部爱情绝唱。也许我内心现在渴望的只是你能够感动，也许我内心现在只想留下"千古情人独我痴"的悲名，也许我内心现在已没有了也许的可能……

在痛苦的漩涡里挣扎了很久，直到8月份我的心情才稍微缓和了一下，因为我打算为晶儿再出版一本爱情文集。用了一个月的时间，花了近五千元，我的爱情笔记《不死的童话》终于出笼了。在书的扉页上，我特意写了句"谨以此书献给梦中的天使，以及世上所有相信爱情和不相信爱情的人"！

我以为精诚所至，金石为开，相信凭自己的万般痴情一定会感动心爱女孩的。人们不是常说付出总有回报吗？我仍抱着一线希望，期待着能够把晶儿打动。我做任何事时都爱往好的方面去想，即使在情绪极度低落、眼前一片黑暗之时我仍不死心，仍觉得同心爱女孩的爱情大有希望。

我一直执迷不悟，不明白自己怎么就不去正视一下文学大师培根的忠告呢？在男女关系上他曾诚恳地警告过："爱情就是如此，如果得不到同样的回报那对方就是在轻蔑你，这是一条永恒不变的定理。"可自以为睿智的我，就是没有把这条箴言当回事！

2003年下半年，晶儿毕业分配到了一所镇中学教书。

9月底，我不远千里赶到她们学校为她送上新出版的爱情图书《不死的童话》，她感动得泪眼盈眶。试想，一个男孩接二连三地为一个女孩花那么多钱、付出那么多精力写书出书，任多么铁石心肠的人也会感动的。看到心爱女孩如此开心我也很高兴，觉得生活都明朗起来，前景一片光明。

或许文人就是太过敏感多情了，稍微得到一点对方的优待就以为人家也对自己有意思。局面刚有点好转，我尘封的爱心再次萌动起来，又不由自主地开始想入非非了。尤其朋友小黄帮我分析说对方可能是故意考验我时我更高兴了，不停地给晶儿打电话，还幻想着如何能把她彻底追到手。

凭我的经验，我觉得用情歌最好了。于是，我买了一盘王子鸣的《大火》、黄品源的《狠不下心》和王力宏的《风中的遗憾》。在11月进入深秋之时，我兴冲冲地赶往异乡找晶儿。路上因为正在施工不太好走，迫不得已我只好租了一辆三轮车。

赶到她们镇上时，正巧遇到心爱女孩要去她姨家。一看是我，她脸色立即变得冷漠起来，说话的声音也变得冷冰冰的，这令我十分沮丧与伤心。

给她磁带时她说什么也不收，从她的言语当中我听出了不耐烦与鄙视之意。一怒之下我情绪激动地说："这是我特意为你选的磁带，里面有三首歌十分好听，代表着我的心里话，你就收下吧。从此以后，我发誓再也不来找你，不来打扰你了……"

说着说着，我的泪水禁不住流了下来。看我如此伤心，心爱女孩点点头接过了我的礼物。我没再多说什么，祝福了她一句转身泪流满面地离去了。

路上我悲伤地失声痛哭起来，乘客纷纷把好奇的目光投向我，我顾不上什么面子，仍不住地抽泣着，那种伤痛和悲愤是无法用文字形容的。

# 25

# 多情误我

一直到春节我都咬着牙没有再同晶儿联系过。小黄是过来人，知道爱情失意的滋味不好受，他劝我还是冷静地思考一下。想想也是，我暗暗对自己说，你可以为了爱情一次两次甚至三次四次地没有尊严，但你不能这样永远没有尊严地活下去！也许真如朋友所言："你越是对她太好，越会被人家小瞧。"

这一年的春节我过得极度不快乐，爱情受挫是一方面，更为要命的是我遇到了多年不见的初恋女孩丹妮。她依然是那么楚楚动人，去南方打工这几年令她变得更加成熟美丽了。

我去找好友亚朋玩时不停地跟他打听丹妮的消息，他母亲一旁听见了说愿意为我去撮合撮合，我一听乐得差点跳起来，十分欣喜地督促她快点行动。当天，亚朋他妈就为我打听了，说丹妮目前还没有男朋友，不过大年初一就要去南方打工，所以没时间考虑这门亲事。

大年三十那晚，我压抑不住心中的激情，壮着胆子去了丹妮家。在屋里，我听到了窗外她父亲的叹息声。丹妮明天就要去打工了，她母亲正为她收拾东西。我们面对面地坐着，言不由衷地说了几句客套话，觉得好像失去了原来的热情与默契。

临走时，我给丹妮留了自己出版的两本书，并在里面附了一封短信，信上抄了一首歌词，正是丹妮初三时为我唱过的情歌《男汉》：

风把漫长来时路吹断，再回首情还在人已散，我恨苍天无语，总闭上眼睛不听不问不看。任凭深情，任凭真心，随风离散，让我痴狂、让她伤感，日夜背负着相思的重担，让英雄气短就唯有爱。假若伴君奔走，最后留不住红颜知己为伴，就算手握无边江山也有憾……

父母知道我同丹妮联系了十分高兴，因为他们正为我的婚事发愁呢。尤其父亲，特意找到临村丹妮她姨父，希望能帮忙撮合一下。

可结果让我十分失望，对方说丹妮急着要走暂时不考虑这门婚事。后来，听朋友亚朋透露我才知道事情的真相，原来是丹妮家对我父母不满，毕竟初三毕业后她们提亲时曾遭到我们家人的拒绝。当然，至于丹妮自身是怎么想的我不得而知，反正觉得她一定十分恨我，恨我无情无义，恨我没有对她坚持到底。

为了能应付一下家里人，我决定从自己老同学或老朋友当中找个女友算了，反正跟谁都是过一辈子。与其这样，还不如找一个熟识的女孩结婚算了，对陌生人我不感兴趣。

翻了翻电话本，我找了几个曾以为也对自己有意思的女孩，找了找那些曾被自己划入爱情后备军的候选人，结果令我大失所望。许晓丽和林雅倩二人初中刚一毕业就匆匆嫁人了，章俊华去年也结了婚，高中时自己心里觉得不错的娅梅如今正准备考研，英鸿听说也已为人妇了。至于汪莉与吕媛，她们都与我交往平平，根本没有希望谈婚论嫁。数来数去，那么多的后备军就只剩下两位：一个是在外地上医专的华蓉，另一个就是中专毕业后在南方打工的杨晓玲。我自小心里就喜欢的旭儿与燕子是根本不敢考虑的，怕乡亲嘲笑，也怕对方拒绝。更何况，她们俩一个已经结婚，另一个也差不多快订婚了。即使我有胆子追也晚了。

衡量再三，我觉得还是从后补队伍中仅剩的那两位里挑一个算了。同杨晓玲谈恋爱还比较现实，因为她最懂我的心思，我们可以称得上是知音。不过令我感到恼火的是，几次往她家打电话对方都说她在广州没有回来。虽然冲动之下我曾骑车去她们村上找过几次，可在她们家门前晃了几晃硬是没有胆量进去。

2004年的春天，是个让我极度难受的季节。感情上受挫不说，工作也出了问题，因为在向人才中心办理存档手续时，非得让人拿着自考文凭到市教育局里验证一下。

这怎么办？我能傻乎乎地拿着假证书前往教委自投罗网吗？无奈之下，我和父母只好对亲戚说出了实情。闻听我办的假证亲戚十分生气，埋怨我们骗了他。可事已至此，也只能让我暂时找个借口跟单位请个长假，弄个停薪留职去学校争取把文凭拿下来，然后再回来上班。

3月初我离开了这个熟悉的城市，好友小黄开车帮我把东西运往邻市一个文学朋友那里，我就暂时寄住在那里帮他们编图书和报刊。

同时我在这里报了自考，专业是中文，打算将来真不行时好去教学。当时我的一位高中同学在这里上大学，他怕我考不过，出于好意主动提出要给我替考。谁料想人倒霉时喝凉水都塞牙，不幸的事全让我给遇到了，老同学在替我考试时不巧被巡考人员逮住了，处罚是停考三年。

面对这个结局我真是哭笑不得，无奈之下只好另外报考了一所民办学院的学历文凭考试，听说这是最后一届，希望这回自己能赶上这趟末班车。

那时我还鬼迷心窍地去了一趟本省偏南的城市，为的是找初三老同学华蓉。或许是常人所说的病急乱投医吧。爱情上一再受挫的我，急需找个异性朋友安慰自己那颗受伤的心。

尽管我见到了那位老同学，可没想到已经失去了当初对她的那股喜欢与爱慕。彼此也是无话可说，我在她们学校的男生宿舍里过了一夜，次日便匆匆地离开了。

之后，我给华蓉打过几次电话，但双方都没有提及感情。我想暂时就把杨晓玲和华蓉都当成是自己的后备人员吧。

在文学朋友那里熬到9月份，我又整理出版了一本杂评集，然后志气满满地杀回了省城。因为没有文凭，一时间我在大街小巷上游荡竟然没有去处，许多报社根本不要我这种没学历的"业余人才"。后来在一位文学老兄的引荐下，我进入了他们新视点报社做编外记者。但让人气愤的是，这家报社不仅名声差，而且对员工也极不好，干了几个月都是白干，发不下来工资不说，连稿费都领不出来。

处境不好时我连想找晶儿的心情都没有了，我不愿意让她知道自己过得不如意，不愿意让她伤心或难过。我对自己说：只要心爱女孩能过得幸福快乐，我就感到满足与安慰了！

2005年春节来到时我已整整25岁，如此大的年龄还未婚在农村是极少见的，是会被人耻笑的。经不住父母的再三劝说，我草草地见了几个别人介绍的女孩，让人大跌眼镜的是，第一个女的我没有兴趣，而第二个女的竟然对我没有感觉。

一怒之下我不再让别人介绍对象了，我哄骗父母说：别再相亲了，告诉你们吧，我的爱情后备人员多着呢，过段时间我就给你们领回来一个。

朋友晓亭结婚，在去他家喝喜酒时他对我说："老弟，听说汪莉也没对象呢，不如你再去追追看？我觉得肯定能把这妮子拿下。"

因为他们两家是亲戚，晓亭手机里有汪莉的电话，我喜形于色地要了过来，临走时好友对我再三交代："千万别告诉那死妮子是我告诉你的手机号码。"我笑笑说："放心吧，我还没有那么傻。"

大年三十那天，我忍不住给汪莉打了个电话，一听是我的声音她也感到挺意外的，毕竟我好久不曾打扰过她了。不知为何，在这妮子面前我始终不敢吐露一句爱慕之语，客气问候两句就挂了线。

往杨晓玲家打电话依然是没有音讯，要么电话不通要么说不在家。我觉得时间紧迫，应该去找一找人家了。于是大年初三那天，我骑车去了晓玲她们村。在村中间，正好遇到一个初中的男同学，我们见面感到十分亲切，他非让我到他家里坐坐。

在他家闲谈时，我不由自主地把话题扯到了杨晓玲的身上，这个男同学笑道："我也好久没见过她了，只听说前两天她刚结婚……"

猛听此言我脸色大变，心里像打翻了五味瓶一样什么滋味都有。走时我不知是如何离开老同学家的，连门朝哪都没有记清，脑海里全是杨晓玲那胖乎乎的笑脸。

我觉得自己好可恶，对一直在身边的情缘不闻不问，等自己心急时才想起人家来，谁知悔之晚矣！

我就是这样，总以为自己如何了不起，总觉得眼前的不是最好的，总以为别人也会像自己一样痴等下去，可事实并不是这样，现实教会我们的道理确实远比书本上的要深刻得多。

没到元宵节我就返回了省城，不想在家过压抑的日子。虽然路过县城时我忍不住去县医院找了一下老同学汪莉，可见面的场景并不似自己想象得那么惊喜、浪漫，寥寥数语便感到无话可说。我知道，自己犹如海滩上的一片沙子，尽管里面藏有金子可毕竟还不是金子，所以注定与女班长之间永远不可能发生所谓的一见钟情，而日久生情的契机早已错过，如今两地相隔恐怕只能是泪眼问花花不语了。

坐在去省城的客车上，我翻看着当天的报纸，上面有句诗让我心头一惊："奢华享乐如逝水，花自飘零水自流。流水落花春去也，一腔长恨枉悲愁。"没想到自己多年来的感情历程，竟然落得这么个悲惨凄凉的地步，我越想越觉得心酸，泪水不禁再次流淌在青春渐逝的脸上。

已经走过相信爱情季节的我，真不知该如何面对明天升起的太阳。不是说不经历风雨怎么能见彩虹吗？可是，我经过了这么多的风雨，为何依旧没有见到自己心中所期望的彩虹呢？

回到省城后，我和那位文学老兄都没有再到新视点报社上班。一段时间里我挺自由自在的，整天在住处吃吃喝喝睡睡，有精神时就写自己计划的长篇小说。那会儿有个文学朋友师帅大哥见我无所事事，就推荐我到一家省级出版社的下属杂志社里当编辑。

　　有人说：有爱情的人生才叫生活，没有爱情的人生只能称为活着。而我，虽然工作有了希望，感情却依旧一片荒凉，在我的足下始终是一片走不出的荒漠。也就是说，这么多年来我一直只是像动物一样本能地活着，没有真正拥有过所谓的生活。

　　为了安抚家人也为了转移视线，农历二月二时我找到一个大学时期关系不错的女同学叶子，让她冒充一回我的女友。叶子很爽快地答应了，我喜出望外。其实自己内心深处多少对她还是有点意思的，正好借此机会再加深一下感情。

　　那次回家，确实起到了麻痹父母的作用，他们二老很开心。不过遗憾的是，当时奶奶去姑姑家了，她老人家没有见到未来的"孙媳"，所以后来打电话让我"五一"假期时再领回家一趟。

　　这下可难住了我，毕竟委屈同学叶子一次就够不好意思的了，像我这么要面子的人是说啥也不会再让人家冒充第二次的。况且，这时的叶子已经去北京发展了。更难堪的是，在她临走时我还对其表白了一番真情，无奈人家只是把我成好朋友，根本没有往对象那方面想，羞得我无地自容。

　　万般无奈之时，我想到了自己远方的女笔友，这个队伍可是大得很，不过在我们省里就只有两位，其中一位还去了南方。没办法，我只好给在省西边某市上师范的女笔友子瑶打了电话。

　　她一听我的表述与计谋笑了，很痛快地答应了。不过，因为我没有路费去她那里，只好先回老家再说。父母知道我要去接新女友回家自是十分支持，毫不犹豫地掏出几百元塞给我，让我给人家多说好话，多买东西吃。但令人遗憾的是，去了一趟也没有把人接回来，主要原因在于子瑶是学健美舞蹈的，个子竟然一米七多。我觉得同这么一个高个子并肩走在大街上，非遭到街坊邻居的嘲笑不可，毕竟太不般配了，就像潘长江与郑海霞，那成何体统？

临走时我要了女笔友子瑶一张照片，算是回去后给父母一个交代。

家人一瞧觉得这女孩不错，个子又高还有学问，很是喜欢，鼓励我一定要把人家追到手。我嘟囔着个子太高会被人讥笑时，母亲一脸微笑地说："傻孩子，个子高怎么啦？别人羡慕还来不及呢，怎么会嘲笑你呢？"

虽然我点头称是，不过心里对子瑶并没有那种异样的感觉，觉得我们根本不合适。

回省城后，我自然没有再同女笔友子瑶联系，觉得没有意义了。本来还有个华蓉值得我考虑一下，可这死妮子从没有主动给我打过一次电话，让我很是恼火。

春节时，因为不方便去找华蓉，也没有机会在大街上遇到她，我便感到我们的缘分可能真的到了尽头。想想还是算了吧，一切顺其自然，尤其感情的事强求不来。

这会儿我再次想起了初恋女孩，跟朋友亚朋打听丹妮的电话时他说问不出来，还劝我算了，别吊死在这棵树上了。你当初负了人家，她又怎会原谅你呢？

闻听此言我默不作声，心痛不已，耳边仿佛响起林忆莲与李宗盛的情歌对唱《当爱已成往事》：

往事不要再提

人生已多风雨

纵然记忆抹不去

爱与恨都还在心里

真的要断了过去

让明天好好继续

你就不要再苦苦追问我的消息

……

"往事不要再提"，唱得多轻松啊，可现实里谁又能如此洒脱呢?

　　真是多情误我！对于曾经的恋人丹妮，对于曾经那份纯粹美好的初恋，除了遗憾和懊悔我只能把苦咽进肚子里去。

*26*

# 错爱一生

本来美满幸福的人生，竟然被我过得一塌糊涂、一团糟糕。我越想越生气，觉得都怪晶儿这个死妮子害了自己。想想五年的大好青春时光，就为这样一个不爱自己的女孩虚度了，任谁心里都憋得慌。

按捺不住心中的怒火，我觉得自己有必要再去找晶儿一次，也算是给自己也给她最后一次机会。其实去之前我也料到了不会有什么好果子吃，因此最后也算没受到什么大的打击。

那是周日的下午，我赶到她们镇中学时天色已晚，本以为晶儿该来学校了，可一连去了几趟都没有见到她。往她家打电话一问才知道心爱女孩今天去市里听课了，可能来不及回家住她姨家了。没办法，我只好等明天再说。

晚上我找了个小旅社休息，可躺在床上怎么也睡不着，心里七上八下的不是滋味，勉强苦熬了一夜。

第二天上午放学时我在学校的教学楼前见到了心爱女孩。晶儿依然打扮得如童话里的天使，脸上带着淡淡的笑意，给人一种温暖的感觉。不过吃过亏上过当的我，再也不会被她的这种假象给迷惑了。

她把我让进了宿舍，我们就那么傻傻地呆坐着。有一句没一句地闲聊，都是些客套话。我把自己刚发表的一首情诗及一份刚同友人合办的文学小报送给了晶儿，她接过去看了一眼便放在了床上。她的表情仍平静得如湖水一样，让我看不透她究竟在想些什么。

　　其实在见她之前，我上午已经去了一趟晶儿的家里，和她母亲聊过了。之所以这么做，我是想探知一下她家人及她自己的一些想法。结果让人十分失望，她母亲的想法是想让晶儿找个附近临乡的男朋友，因为大女儿的婆家离家很远，这个女儿绝不能再嫁到外地了。而且，我从她母亲的话语中也能感觉到晶儿对我也有过感觉，之后不知是出于家庭原因还是个人原因，慢慢地对我失去了喜欢之意。

　　中午我骑车带着晶儿去了离学校很远的一家餐馆吃饭，她要了一份水饺，我要了一碗烩面。隔着桌子相对而坐，我们边吃边聊，当我再度提起感情之事时她明确地给了我答复："不可能，我们根本不适合，你不是我要的人。"我长叹了一声，这才真正意识到，自己多年来一直都是在单恋！总以为是一见钟情，其实不过是自己的一厢情愿罢了。

　　碗里的饭我只吃了一半就再也咽不下去了。心爱女孩问我怎么不吃了，我勉强地说吃饱了。谁又能知道那一刻我心中的痛与恨、爱与悔、恼与伤！

　　临上车时，本来我想问一下晶儿的新手机号，可忽然间觉得已经失去了意义，便没再言语。汽车缓缓启动，心爱女孩也骑车离去了。望着她逐渐模糊的身影，我早已泪眼朦胧。

　　在回省城的路上，望着窗外明媚的阳光我的心却一点也不明媚，往事历历在目，相聚相识的时光多么美好而又短暂，没想到这一次的别离竟是永恒。

　　此时此刻我才真正知道，为什么很多青年男女恋爱谈不成就做不成朋友。那种认为爱情不在友情还在的人，看来真的只能是自欺欺人了。

　　不知怎的，我蓦地想起一首自己写过的诗《梦归何处》：

我的梦

如朵朵彩云

可为何始终没有去向


我的情

如涓涓细水

可为何不能把你感动


梦归何处

何处才是我理想的港湾

情醒何时

何时才会拥有你的柔情

　　心中思绪万千，胸中愁肠寸断。爱情真是个很奇怪的东西，让人闹不明白，它没有什么道理可言，也不为道德所绑架。说到底，爱情只是一种感觉，对眼时彼此有情有义，不对眼时再多的付出也没有意义。它与人的地位、才华、财富等都没有实质的关系，甚至与人的品质、善恶也无关系，古惑仔也有古惑仔的爱情。

　　思索良久，我觉得自己以后再也不可能谈什么轰轰烈烈的恋爱了，甚至，连普普通通的恋爱也没心情去谈了。"曾经沧海难为水，除去巫山不是云"，看来以后我只能把晶儿深埋心底，只要能找到一个多少懂我一点的女孩，也就算造化不错了。


　　虽然五年的爱恋最终以失败告终，不过在我心里觉得很值，因为让我知道了文人书中所描绘的童话故事、浪漫爱情都是自己编来骗自己和读者的。爱情绝对没有我们想象得那么简单、完美、神圣和伟大！艺术终归是理想，生活才是铁铮铮的现实，不容我们有丝毫的幻想。

同心爱女孩晶儿的相识仿佛就如一场梦。在梦里她似一阵春风，我似一池春水。她在不经意间吹拂过我后便又归于遥远，而我却沉沦在她的温柔里不能自拔，总在缅怀同她无意的邂逅。这有点像著名作家张贤亮形容的那样："风无心吹皱春水，春水却因风而皱；水以为与风有默契，而风不过将吹拂当作游戏。但是水因风而皱之后再没有被风吹过，这潭水便成为死水，那一场风，也就永远留在水的记忆里。"

"春水之死，春水之死"，我心里不停地默念着这句话，仿佛自己的青春痴爱就似这春水之死一样，既凄美动人又耐人回味。

青春啊青春，总是让人又爱又恨。命运啊命运，往往都是阴差阳错。在不该放弃对丹妮的爱时我选择了放弃，在不该坚持对晶儿的情时我选择了坚持。人生、爱情、生活、现实统统被我搞得一团乱麻，惨不忍睹。像我这样的人，还会有美满的未来、美满的婚姻、美满的生活可言吗？

"天作孽，有可违；人作孽，不可活。"弄成今日的局面，我知道都怪自己平时太过心高气傲、自以为是、顽固不化、多情自恋了，既然是自找的那也怨不得别人，只能把苦水咽进肚子里，随着时间的推移让伤口渐渐愈合。可我受伤的心，真的能好起来吗？我不知道。

不管青春如何惨淡、不堪，生活还得依旧，日子还得照样过下去。

翻看曾经写过的旧文《婚姻与爱情无关》我有些怅然若失，为什么文中侃侃而谈的道理在现实生活当中我却一点也做不到呢？非要不撞南墙不回头地去试一试、闯一闯，非要撞它个头破血流不可！

难道只是为了爱情？难道只是为了追求那个所谓的唯一伴侣吗？

我不能语，不禁想起一段经典的对话：

天长地久有没有？

有！

为什么大多数人不相信？

因为他们没有找到最适合的那一个。

为什么找不到？

茫茫人海，人生如露，要找到最合适自己的那一个谈何容易？

你或许40岁时找到上天注定的，可是你能等到40岁吗？在20多岁时找不到却不得不结婚，在40岁时找到却不得不放弃。这就是人生的悲哀。

句句说到了我的心坎里。其实就算遇到了，倘若有一方不这么认为，也是会错过这段天造地设的良缘，比如我与晶儿。

可最终不管有没有最适合的那个他，我们都要步入婚姻的殿堂，都要接受俗世烟火的锤炼。

现实与理想总有差距，尤其在男女感情上最为突出，这差距有时竟然是天地之别。

当然，到底是爱情成功者生活在了天上，还是爱情失败者生活在了天上，这还真不好说。毕竟，社会上有那么多以爱情之名结婚的人最终也是离了，那些没有以爱情为基础的普通农民的婚姻反而和和满满。

以前，我把爱情看得太重了，也太把自己当回事了！而今我终于清醒了，明白之所以要经历那段自恋的岁月，是因为它叫青春。人在年轻的时候谁又不想轻狂一把？谁又不曾犯过错误走过弯路？想到此我的心慢慢舒展开了。谢谢你，那些在我生命里驻足过的女孩，不论是初恋女孩丹妮，还是痴爱天使晶儿，抑或是单恋过的许晓丽、旭儿等其他姑娘，感谢你们在我青春最好的年华里与我相遇，不管最终带给我的是甜蜜还是疼痛，是喜悦还是酸楚，但至少让我体会过恋爱的滋味，让我知道了什么是爱。

正像大诗人泰戈尔所说："天空不曾留下鸟的痕迹，但我已飞过。"亲爱的好姑娘，再次谢谢你曾路过我的青春，仅这一点就足够让我念念不忘。我能理解年轻时的你们，也能理解年轻时的爱情，曾经所有的伤害都与你们无关，毕竟爱是可遇而不可求的，缘起缘灭只能顺其自然。

真正的爱情无论成败，给予人的都是正能量。成功的爱情可能会让我奋发突进，但失败的爱情也会让我走向成熟。我深信，不远的明天定会有一个适合我的伴侣在未来的街头等我，那也许无关爱情，但一定有关爱。

　　岁月如歌，弹指间一晃十年过去了。我这个男一号——王名扬已经结婚有子，在文坛上跌跌撞撞地混迹多年，在当地也算小有名气，虽说婚姻不是以爱情为基础的，但信奉爱谁都值的我已然找到了人生的真谛，小日子过得还算踏实、舒心。

　　而女一号——晶儿也早已结婚生子，她的老公是亲戚介绍的，知根知底，确实离她们村很近。她现在仍在一个小镇的中学教英语，工作上挺出色的，在县里市里获过不少奖项荣誉。教书育人是件光荣的事，挺适合她，生活过得应该颇为幸福吧。

　　那个我曾经深爱过的初恋女孩——女二号丹妮也早已结婚生子，男方是媒人介绍的，具体情况不详，只听说嫁的是同乡人。

　　许晓丽，在县城郊区居住，老公是做生意的，虽然彼此没有爱情基础，但因为相互懂得珍惜，生活过得还算不错。

　　华蓉，婚姻幸福美满，现在省城居住，以微商谋生，一切安好。

　　杨晓玲，在黄河北边的一座小城生活，老公是中专时的同学，育有一子，日子过得美滋滋。

　　汪莉，在县城某医院做财务工作，爱人是县城的，亲戚介绍认识，幸福与否不得而知。

　　林雅倩，在西部某市做生意，与老公是老乡，育有两子，一家幸福安康。

　　闫武英，在老家务农，时常外出打工，据说赚了一笔钱在本市买了一套房子。

　　亚朋，在西部某市经商，与林雅倩一个城市，膝下一儿一女，可谓事业婚姻双丰收。

　　晓亭，在老家某小学任教，爱人是同乡，长得挺漂亮，儿女双全，生活安稳。

鹏程，在南方经商，混得不错，从一名打工仔到老板的华丽转身，让老家伙伴羡慕不已。

章国徽，在东部沿海生活，认识了一位做大生意的富婆，当陈世美是免不了的，据说已与原配离婚。

孙傲然，这位英语老师还在镇二中教学，早已结婚生子，让人大跌眼镜的是对象长相平平。

车羽宪，离开妻儿成为北漂一族，与王名扬也算同行，做文字工作，日子还说得过去。

娅梅，依然在学习深造，博士在读，是个才貌双全的女子，婚姻状况不详。

叶子，在北京已经立住脚，老公是搞科研的博士生，生了一对双胞胎男孩，过得很幸福。

旭儿，在华南一家食品企业工作，孩子已然长大，生活幸福美满。

燕子，在省城谋生，一女一男，日子过得还算踏实。

……

初中同学、高中同学、大学同学，数来数去十年里音讯全无的女生只有两个：一个是初中时的吕媛，另一个是高中时的英鸿。她们如飞鸿无迹，在我青春岁月里一晃而过便消失得无影无踪。每每看到影视剧《笑傲江湖》里的东方不败，我就会想起冷冰冰的吕媛，每每看到电视剧《倚天屠龙记》里美艳的周芷若，我也会想起娇柔柔的英鸿，她们是那么相似。

忽然我想起某部长篇小说中的一句话："那段丢失的日子，多像融化在人群里的好姑娘，我们看着她沿途美丽下去，嫁给别人……"

往事历历在目，不由得人不信。正如曾经有位笔友问我相不相信童话爱情时，当时我是这么回答的："我仍然相信童话般的爱情，但是我也相信它不会发生在我身上了。"

一语成谶！这话果然不幸被自己言中。可这就是现实，与梦想的差距永远这么大。无论青春赋予的是什么，我们只能坦然接受。曾写过的一首小诗《青春就这样散场》，算是对我漫长青春的一个总结：

曾经情比天高的友谊，

最后无不被时空所隔断；

曾经年少追逐的梦想，

终究在走走停停中搁浅；

曾经指点江山的激昂，

只不过是涉世未深的表现；

曾经单纯美好的初恋，

也多半只留下悲催或遗憾；

我们的青春，是不是最终就这样散场？

人生似朝露，生生死死已看穿；

红尘有真爱，天堂地狱一念间；

青春就这样散场，

不问此刻是悲还是喜，

不问往事值不值得留恋，

不问明天风雨之后有没有彩虹。

回想当年，有多少同窗好友不是抱着"没有爱情的婚姻是不道德的"而苦苦寻觅，可时光的车轮把现实的梦想与憧憬辗得粉碎，不留一丝痕迹。但是，如今我们不照样继续生活？

没有爱情的婚姻未必就会不幸福，而有爱情的婚姻也未必就会皆大欢喜。爱情绝对化、爱情至上等都是被无数穷酸文人过度美化过的，当不得真。试想一下，罗大佑与相爱14年的李烈分手时，能说是因为他们没有爱情基础吗？

看看《廊桥遗梦》与《泰坦尼克号》吧，如果双方不是相爱四天，如果男主角最终不是尸沉大海，那么他们最终也会步罗大佑的后尘。

　　别了，那段自恋奋不顾身的青春岁月；别了，那些曾路过我青春的好姑娘们；请相信，婚姻与爱情无关，有则顶多是锦上添花，没有那也无伤大雅。我想，幸福的家庭靠的是我们每个人用心去经营、去体会。

# 爱情在俗世徒有虚名

小时候，人们经常会问：你相信童话吗？

长大后，人们时常追问：你相信爱情吗？

如果说童话是孩子的心灵寄托，那么爱情则是成年人的梦想追求，无论成功不成功的爱，它都是一种难得的情感体验。

美好的爱情往往会成为一种正能量，激发出当事人无比的创造性与拼搏力。爱的力量是巨大的，它能让人奋起，也能使人沉沦。但爱的道路也是曲折漫长的，而爱本身又是一种短暂难以持久的激情，这就注定了在生活里我们向往寻觅的爱情不是败于难成眷属的无奈，就是败于终成眷属的厌倦。

理想与现实的差距，或许就是爱情与婚姻的关系吧！

拥有爱情未必就皆大欢喜，失去爱情也未必就惨淡不幸。人类社会的婚姻美满与否，爱情并非主因，甚至可以说与爱情无关。

这部青春小说想要告诉大家的正是这个冷酷的现实。至于爱情，最理想的存在要么是人们的想象里，要么是文艺作品里。千万别被影视小说给误导了，爱情在俗世徒有虚名！

不空谈精神层面那些虚的道理，也不扯道听途说那些假的故事，我就拿身边最真实的案例来看看现实里的爱情究竟是什么模样。

文友阿丽，与相恋三年多的男友情投意合，但那个男孩是个没有主见的孝子，母亲不同意他们的婚事他也不敢反抗，结果自然是分手了。之后，阿丽在网上认识一个中学老师，二人迅速相恋并结婚，如今有两个孩子，过得幸福美满。

高中的同学小彤，大学时与男同学谈了三年恋爱，结果毕业时那个男的爱上了别人，失恋后她大哭一场，回老家后亲戚迅速给她介绍一个公务员，二人很快结婚，现在生有一个男孩，生活踏实安稳。

大学女同学小敏，谈了多年的男朋友劈腿，她痛苦了好久。后来经朋友介绍嫁给了一个IT男，生了两个男孩，而今生活在北京，小日子也过得不错。

这三位都是有爱情经历的，而生活中更有不少没有恋爱就直接进入婚姻的人。比如我的一个远方表姐，人长得苗条好看，中学毕业就嫁给了邻村的一个男孩。我曾经问过她爱不爱姐夫，她苦笑着说："从来就没恋爱过，根本不知道爱的滋味，什么爱不爱的呀，只要老公知道疼我，和和美美地把日子过好就行了……"

为什么举这几个例子都是女性的而没有男的？

因为连最钟情最长情的女人都能想得开、都能解脱，男人们就更不在话下了。

如果你认为我举的全是失败的爱，并没有说服力的话，那就再看看成功的爱是怎样的。

大学有位男同学小周，才华横溢，很有本事，自然赢得了众多女生的喜欢，而他都不为所动。之后在网上认识一位湘妹子，二人爱得死去活来，谁知结婚后才发现彼此性格不合，经常争吵甚至打架，因为孩子勉强维持了三年，但最终还是散了伙。

初二时比我高一届的学哥学姐，其中有一对恋爱成功了，为了在一起，甚至把学业都放弃了，二人早早一起外出打工，不久便结婚生子。后来，许多学习不如那个男生的学友都考上了大学，在外面混得风生水起，只有他因为没有文凭，也没有什么本事，未能闯出名堂，只能回老家种地。夫妻双方前几年因有爱情支撑还算和睦，等小孩大了，需要钱的地方多了，彼此的矛盾便呈现出来了，成天非打即骂，虽然没到离婚的地步，却也是一团糟。

老家还有位大姐姐晓霞，与大学谈了四年的男友终成眷属，并生儿育女安家落户在大都市，孩子小的时候，日子过得还算幸福美满，可等小孩长大了、自家企业也做大了，感情便出现了裂痕，最终离了婚。

这就是成功了的爱情，步入婚姻殿堂也未必就算圆满，毕竟排除万难之后又有万难啊！

当然，爱情成功并能坚持到底、白头偕老的人，肯定也有。只是，谁又能保证最终让他们走完一生的便是爱情呢？也许只是亲情而已。

看看大师们是怎么看待爱情的吧。

安徒生面对心仪的女孩，选择了忍痛割爱，把对一个人的小爱转换成了对世上千千万万个儿童的大爱。

纪伯伦与心爱天使通信二十年，却始终保持神秘感没碰面，最终留下了感人肺腑的经典情诗。

柴可夫斯基和梅克夫人是真知音，但彼此定下约定不相见，隔空恋更是被传诵为柏拉图之恋的楷模。

为什么大师们都崇尚精神恋爱？

那是因为大师有大智慧，他们想得远，他们知道爱情在俗世徒有虚名，哪怕是聪明卓越得如他们一样的人杰，一旦把爱情扯进现实都逃脱不掉悲摧的命运。毕竟大师也是人，也有七情六欲私心杂念，也得面临柴米油盐及生活的烟熏火燎。他们深知，再美好的爱情一旦走进现实都会变淡，能让爱情长久的唯一方法，就是让它活在文学作品里、活在想象里，这样方能在心里成为永恒的风景。

这样的选择太过极端，只能是属于少数人的专利。对于芸芸众生来说，爱情于就是要既可望又可得，哪怕得到后再失去也行。

写这部小说，就是想告诉年轻时爱过的姑娘，谢谢你曾路过我的青春，尽管那时的恋爱很稚嫩、不成功，但至少是你让我懂得了什么是爱，让我渐渐走向了成熟。更想告诉更多的年轻人，青春季节里萌发爱的种子很正常，遇到心动的人就勇敢地吐露真情吧，别担心失败，别害怕失去，爱情最重要的不是最终的得到，也不是曾经的拥有，而是当时爱过、恋过、经历过。

　　曾有位著名作家说过："人生在世，亲情、友情、爱情，三者缺一，已为遗憾；三者缺二，实为可怜；三者皆缺，活而如亡。"

　　亲爱的，说到底，我只是不想让自己的人生留有遗憾啊！

2016年11月15日于郑州